Ullstein Theater Texte

Ullstein Theater Texte

Weitere Bände dieser Reihe:

Hauptmann, Der Biberpelz (4975)
Hauptmann, Fuhrmann Henschel (4976)
Hauptmann, Die Ratten (4977)
Hauptmann, Rose Bernd (4978)
Hauptmann, Vor Sonnenaufgang (4979)
Hauptmann, Vor Sonnenuntergang (4980)

Ullstein Buch Nr. 4981
im Verlag Ullstein GmbH,
Frankfurt/M — Berlin – Wien

Text der Centenar-Ausgabe

Umschlagentwurf: Kurt Weidemann

Printed in Germany 1973
Gesamtherstellung:
Ebner, Ulm/Donau
ISBN 3 548 04981 8

Gerhart Hauptmann

Der rote Hahn

Tragikomödie

Mit einem Nachwort von Kurt Lothar Tank

Ullstein Theater Texte

DER ROTE HAHN

Tragikomödie

Begonnen im Sommer 1900 in Agnetendorf
beendet im Herbst 1901 in Agnetendorf
Erstveröffentlichung: Buchausgabe 1901

DRAMATIS PERSONAE

FIELITZ, Schuhmachermeister und Polizeispion. Hoher Fünfziger.

FRAU FIELITZ, verwitwete Wolff, seine Frau. Ebenfalls gegen sechzig Jahre.

LEONTINE, ihre älteste Tochter aus erster Ehe, unverheiratet. Hoch in den zwanziger Jahren.

SCHMAROWSKI, Bauführer

LANGHEINRICH, Schmiedemeister. Dreißig Jahre alt.

EDE, Schmiedegeselle bei Langheinrich

RAUCHHAUPT, preußischer Gendarm außer Dienst

GUSTAV, sein ältester Sohn, blödsinnig

DIE ACHT TÖCHTER RAUCHHAUPTS, von sechs bis dreizehn Jahren

DOKTOR BOXER, kräftiger Mann von sechsunddreißig Jahren, Arzt

VON WEHRHAHN, Amtsvorsteher

GLASENAPP, Amtsschreiber

NICKEL, Amtsdiener

SCHULZE, Gendarm

FRAU SCHULZE, seine Tante

TSCHACHE, Gendarm

EIN FEUERWEHRMANN

EIN JUNGE

DORFLEUTE

Ort des Geschehens: Irgendwo um Berlin.
Zeit: Kampf um die Lex Heinze; Jahrhundertwende.

ERSTER AKT

Die Werkstatt des Schusters Fielitz. Ein blaugetünchter, niedriger Raum. Rechts ein Fenster. In der Mittel- und der Linkswand je eine Tür. Unter dem Fenster rechts der Schustertritt; darauf einige Schusterschemel und das kleine Handwerkstischchen. Auf diesem ein Gestell mit drei gläsernen, mit Wasser gefüllten Kugeln, zwischen denen ein Petroleumlämpchen, noch unangezündet, steht. In der Ecke links ein brauner Kachelofen mit Herd, Bank und allerhand Küchengerät ringsum.

Schuhmachermeister Fielitz hockt noch bei der Arbeit. Auf dem Tritt und in der Nähe herum liegen alte Schuhe und Stiefel jeder Größe aufgestapelt. Er ist eben dabei, ein Stück Leder geschmeidig zu hämmern. Frau Fielitz, verwitwete Wolff, hantiert nachdenklich mit einem mäßig großen Holzkistchen und einem Stearinlicht. Es ist gegen Abend, Ende September.

FIELITZ. Jeh man wech aus de Werkstelle! Pack dir man!

FRAU FIELITZ, *kurz wegwerfend.* Wer werd ock noch komm? 's is ja ieber sechse.

FIELITZ. Jeh man wech aus de Werkstelle mit dein Kram!

FRAU FIELITZ. Benimm dich bloß nich aso äselstumm! Was is denn hier Beeses, hä, an dem Kistel? Aso a Holzkistel is doch nischt Beeses.

FIELITZ, *verbost weiter schusternd.* I, is et vielleicht wat Jutet, wat?

FRAU FIELITZ, *weiter nachdenklich, halb scherzhaft.* Bis hierher kommen de Hubelspäne. Dann tun se hier mittenrein a Licht machen.

FIELITZ. Mutter, du bist mir 'n bißken zu klug! Wenn det so weiter jeht mit de Klugheet, denn seh ick mir noch mal in Pletzensee.

FRAU FIELITZ, *barsch.* Du kannst woll o gar kee bissel ni uffpassen! Du magst a wing heern, wenn ma mit dir red't. Aso was verintressiert een doch!

FIELITZ. Ick verintressier mir for meine Stiebeln, for wat anders verintressier ick mir nich.

FRAU FIELITZ. Na da! O jemersch! Das wär woll ni gutt. Da

mißten mir alle mitnander verhungern. Mit der Flickschusterei, das wär aso was! – Hier stellen se's Licht nein. Haste verstanden?! Das Kistel hier is ock nich groß genug. Das wär so a Kistel, das dorte steht. Mir wern de Kinderschuh amal rausschmeißen. *Sie kippt eine Kiste mit Kinderschuhen um.*

FIELITZ, *erschrocken.* Mach du bloß keen Unsinn, verstehste mich!

FRAU FIELITZ. Und wenn se das Licht nu han angezind't – da stellt ma's so mitten nei eis Kistel, natierlich aso, daß der Deckel nich anbrennt. Dann setzt ma's stockstille nuff uff a Boden – das hat doch Grabow ni andersch gemacht! – so mitten ins alte Gerimpel nein, dann reist eens geruhig nach Berlin, und wenn ma zurickkommt . . .

FIELITZ. Pst! 's kommt eens. Pst!

FRAU FIELITZ. Und da soll een der Teifel amal was nachweisen! *Längeres Stillschweigen.*

FIELITZ. Wenn det man bloß allens so einfach wär! Det jeht woll so einfach, wie du dir det denkst! Da missen man erstlich hier Luftlöcher rin. Natierlich der Pfriem – det muß schon 'n Bohr'r sind. Det muß doch Zuch hab'n, wenn et soll anjehn. Wenn et keen Zuch hat, erstickt et doch! Det Feuer muß Zuch hab'n, sonst brennt et nich. Hier muß eener beijehn, der wat von versteht.

FRAU FIELITZ. Na, Alex, das wär doch a leichtes fer dich!

FIELITZ, *in zunehmendem Eifer, sich vergessend.* Hier muß'n Zuch sind – und hier muß'n Zuch sind! Und alles janz akkurat abjepaßt. Und Hobelspäne und Lumpen rin. Und richtig Petroljum mang jejossen. Det is mir doch allens nischt Neies, Mutter! Ick war ja sechs Jahre uff Wanderschaft!

FRAU FIELITZ. Nu ebens! das meen ich doch ebens ooch.

FIELITZ. Det jeht mit Schwamm, und det jeht mit Strippe, man feste rin in Salpeter jestippt. Det mach ick mit Brennjläser, sag ick dir! Uff zwanzig Schritte Entfernung jeht det! Is allens schon dajewesen, Mutter. Mir allens nischt Neies. Kenn ick doch!

FRAU FIELITZ. Grabow hat wieder uffgebaut. Hätt a sich halt kee Herze gefaßt, da läg a halt längst uff der Straße draußen.

FIELITZ. Ja, wem erst ma't Wasser bis hierher steht, ick

meene: bis oben an Halse ruff, denn mag det ja woll ooch'n ander Ding sind.

FRAU FIELITZ. Mancher verpaßt's ooch, bis a versauft. *Die Hausschelle bimmelt.*

FIELITZ. Stell wech de Kiste! Jeh und mach uff!

Amtsvorsteher von Wehrhahn tritt ein. Dicker Düffelpaletot, Schaftstiefel, Pelzmütze.

VON WEHRHAHN. 'n Abend, Fielitz! Was machen die Stiebeln?

FIELITZ. Janz fix und fertig, Herr Amtsvorsteher.

FRAU FIELITZ. Da mach ock a eenziges bissel Licht, daß de der Herr von Wehrhahn und sieht was.

VON WEHRHAHN. Na, was hat sich, was tut sich, Mutter Wolffen?

FRAU FIELITZ. Ich bin keene Mutter Wolffen ni mehr!

VON WEHRHAHN. Sie is woll sehr stolz jeworden, was? Was, Fielitz, sie trägt woll sehr hoch 'n Kopp? Is ihr woll sehr in de Krone jestiegen?

FRAU FIELITZ. Na, heern Se ock, was denn? Das bissel Heiraten? Ich hätte als Witfrau viel scheener gelebt.

FIELITZ, *der die Leisten aus von Wehrhahns Stiefeln genommen hat.* Denn wärste man ruhig jeblieben Witfrau!

FRAU FIELITZ. Hätt ich ehnder gewußt, was du fer a Kerl bist, da hätt ich's woll ni aso eilig gehabt. An alen, krumpbeenigen Kracher wie dich, den hätt ich noch alle Tage besehn.

VON WEHRHAHN. Na sachte, sachte!

FIELITZ. I, lassen Se man! *Mit fast kriechender Unterwürfigkeit.* Wenn Se so jut wollten sind, Herr Vorsteher, und gnädigst den rechten ma runterziehn. Erlauben Se man, ick mache det schon. So. Wenn Se nu wollten so jütig sind, den Fuß ma stellen hier uff de Kiste.

FRAU FIELITZ, *mit der brennenden Lampe.* Wie geht's denn der gnädigen Frau, Herr Baron?

VON WEHRHAHN. Ich danke, es jeht ihr ja sonst janz jut. Sie jammert bloß immer nach Mutter Wolffen . . .

FRAU FIELITZ. Nee, sehn Se, das geht Ihn auch wirklich ni mehr. Ich hab Ihn gutt dreißig Jahre gewaschen. Da kann ma's woll satt kriegen, sehn S' amal an. Ich will Ihn amal meine Beene zeigen: da stehn Ihn de Adern raus wie meine Faust. Das kommt von dem ewigen Stehn am Waschfasse! Und Frostbeulen hab ich Ihn ieberall, und Reißmatichtig ei sämtlichen Gliedmaßen. Das nimmt gar kee Ende mit Dokteriern! Ich muß mich reen ganz in Wolle einpacken, und derbeine da frier ich a ganzen Tag.

VON WEHRHAHN. Jewiß, Frau Wolffen, ich glaub's Ihnen schon.

FRAU FIELITZ. Ja frieher, da nahm ich's mit jedem uff. Da hatt ich Ihn ane Konstruktion, da konnte der Zehnte erscht mit mir mitmachen. Aber heute, o je! Da sieht's anderscher aus.

FIELITZ. Schrei man noch'n bißken lauter, wenn't jeht!

VON WEHRHAHN. Ich kann's Ihnen jar nich verdenken, Frau Fielitz. Wer so jearbeitet hat wie Sie, der mag sich jetrost mal die Ruhe jönn.

FRAU FIELITZ. I, na! Wer weeß ock. Das läßt sich noch halten. Ma hat ja sei Auskommen. Immerzu. *Gibt Fielitz ein freundschaftliches Kopfstück.* Er macht ja derwegen jetzt o seine Sache. Mir sein, mecht ma sprechen, keens ni faul. Aber wenn ma ock ebens und wär gesund! Uff a Sonnabend muß ich schonn wieder zum Dokter. Da tutt a mich immer jelektrisieren — aso mit der Jelektrisiermaschine. Ich kann ja nischt sagen, 's schlägt mir ja an. Aber erschtlich immer das nei nach Berlin fahrn — und eemal jelektrisieren fünf Mark. Da weeß ma ooch manchmal gar nich, wo hernehm'n.

FIELITZ. Stopp du bloß de Doktersch Jeld in Hals!

VON WEHRHAHN *tritt auf mit dem neuen Stiefel am Fuß.* Wir werden alle nich jünger, Frau Fielitz. Ich spüre das auch janz jewaltig bereits. Naturjesetz! Nich jejen anzuschwimmen! Da heißt es janz einfach: ran an Baß. — Und übrigens haben Sie jar nich zu klagen. Ich hab' ja vorhin eben wieder jehört . . . der Schwiejersohn hat ja sehr jut bestanden. Na also! Jeht ja doch alles nach Wunsch.

FRAU FIELITZ. Nu freilich, das hat een ooch wirklich gefreut. Erschtlich wird a sich jetzo viel besser kenn forthelfen, nu a doch so was wie Bauführer is, und dann o — a hat sich's o sonste verdient. Was der fer an Kindheet hat durchgemacht! Nu da! Mir is o ni sehr gut gegang'n, aber so an Vater und so a Weib . . .

VON WEHRHAHN. Schmarowski is'n jediej'ner Mensch. Um Schmarowski is mir nie bange jewesen. Da hat Ihre Adelheid Jlück jemacht! Sehn Sie, ich hab's Ihnen damals jesagt! Sie kamen doch damals zu mir jelaufen, als die Sache beinahe in die Brüche jing, und ich hab' Sie an Pastor Friderici jewiesen: da können Sie sehn, was Seelsorje is. 'n junger Mann is'n junger Mann, und wenn er sich christlich und ord'ntlich hält, deswejen kann er sich auch mal verjessen. Naturjemäß jreift dann der Seelsorjer ein.

FRAU FIELITZ. Nee, nee, ja, ja, da wern Se schonn recht hab'n. Das vergeß ich Ihn ooch'n Herr Paster ni! – Wo Schmarowski das Mädel tat sitzen lassen, die hätte sich heilig 's Leben genommen!

VON WEHRHAHN. Da hätten wir jleich mal 'n Beispiel, Frau Fielitz, wenn Kirche und Pastor am Orte ist. Das Jotteshaus, was wir jemeinsam jebaut haben, hat heute schon manchen Sejen jebracht. Ju'n Abend also, leben Sie wohl! – Ja, was ich noch sagen wollte, Fielitz: die Flottenversammlung ist Montag früh. Sie werden doch sicher zujejen sein?

FRAU FIELITZ. Natürlich kommt a.

FIELITZ. Nu janz jewiß.

VON WEHRHAHN. Ich kann Sie auch nicht entbehren, Fielitz. Komm Sie mal Sonntag noch mal bei mir ran. Wichtig ist, daß wir uns vorher verständigen. Ich bringe jewisse Punkte vor, jewisse markante Punkte, Fielitz, da müssen wir kräftig zusammenjehn. Ju'n Abend also. Verjessen Sie nich – 'ne starke Flotte müssen wir haben!

FIELITZ. Det jeht ooch ohne 'ne Flotte nich! *von Wehrhahn ab.* Nimm man det Licht raus! Sei man so jut!

FRAU FIELITZ. Aso a Hase wie du bist, Anton! Du bist schonn a richtiger Hasenfuß. *Sie nimmt das Licht aus dem Kistchen. Fast im gleichen Augenblick öffnet Rauchhaupt die Tür und guckt herein.*

RAUCHHAUPT. Juten Abend, Meester! Stör' ick ooch nich?

FIELITZ. – – – – – – – – –

FRAU FIELITZ. Ach – i! Immer rei ei a deutschen Bund.

RAUCHHAUPT. Is denn Schmied Langheinrich noch nich da?

FRAU FIELITZ. Wollt a'n komm? Nee, a is noch nich hier.

RAUCHHAUPT. Mir hatten uns extra herbestellt. Ick hab ooch det Jrabkreuze mitjebracht. He, Justav! Bring et man rin, det Dinges! *Gustav bringt ein schmiedeeisernes Grabkreuz mit Inschrift herein.* Stell et man uff det Kistchen hier druf.

FIELITZ, *schnell.* Nee, laß man, Eduachd, det zerbricht.

RAUCHHAUPT. Denn lehn et man immer jejen de Wand.

FRAU FIELITZ. Da seid Ihr nu endlich fertig dermitte! *Ruft zur Tür hinaus:* Leontine! Kannst amal runterkomm.

RAUCHHAUPT. Ick habe man ens zuviel andersch zu tun. Ick baue doch wieder 'n neies Jlashaus.

FRAU FIELITZ. Schonn wieder a neies? Da hert's doch vond uff. Sie sein ooch der reene Maulwurf, Rauchhaupt. Was der Mann aso ei der Erde wihlt!

RAUCHHAUPT. Da is auch'm Menschen am wohlsten, Meestern. Mir sind ja doch alle aus Erde jemacht, mir wern ja auch alle wieder zu Erde. Warum soll ma da nich in der Erde rumwihl'n? *Riecht in die Schnupftabaksdose, die Fielitz ihm hinhält.* Det is ooch man Erdjeruch, Meester Fielitz, det riecht wie frische Erde so jut.

Leontine, Schere umgehängt, Fingerhut auf dem Finger, kommt herein.

LEONTINE. Hier bin ick, Mama. Wat soll ick denn nu?

FRAU FIELITZ. A bringt Papa sein'n Zephitaph. *Leontine und Frau Fielitz betrachten das Grabkreuz gedankenvoll.* Steck m'r amal das Licht an, Mädel. *Sie übergibt ihr das Talglicht, womit sie bisher experimentiert hat.* Mir woll'n uns amal de Schrift studier'n.

RAUCHHAUPT. Ick habe da sehr drieber rumjedoktert. Nu is et mir aber zu Dank jeworn. Heut kenn Se'n Kirchhof dreimal absuchen, det is Ihn de scheenste Jrabschrift is det. Da drieber hab ick mir selbst ieberzeugt.

Er nimmt auf dem Schustertritt Platz und füllt sich die Nase neuerdings mit Schnupftabak. Frau Fielitz leuchtet und buchstabiert.

FRAU FIELITZ. Hier ruht in . . .

LEONTINE, *weiter lesend.* . . . in Jott . . .

RAUCHHAUPT. Ja, et heeßt in Jott. Ick wollte erst lieber schreiben: in Herrn, aber sehn Se, det kann heute jeder sind.

FRAU FIELITZ *liest weiter, mit zittriger Stimme.* Hier ruht in Gott der unverjeßliche Zimmermann . . . *losheulend:* Ach nee, das war Ihn . . . das is Ihn zu schrecklich! Das war Ihn der beste Mann von der Welt! Aso een wie der war, das kenn Se m'r glooben, aso eenen gibt's heute gar nich mehr.

LEONTINE *liest weiter.* . . . der unverjeßliche Zimmermann Herr Julian Wolff . . . *Flennen.*

FIELITZ. Na laßt et man jut sind, versteht a woll? Von det

Flennen da steht keen Toter nich uff. *Gibt Rauchhaupt die Schnapsflasche.* Hier, Eduachd, stärk dir! Nutzt allens nischt! *Er steht auf und klopft die blaue Schürze ab, wie jemand, der sein Tagewerk beschließt.*

RAUCHHAUPT, *mit der Flasche weisend.* Det Versken hier ha ick nun selber jemacht. Ick will et man vorsprechen, horcht man zu:

In Herzen sind wir alle Sünder . . .
'n jeder kann det noch lange nich! –
In Herzen sind wir alle Sünder,
der Bettler wie der Prinz nicht minder.
Doch dieses Mannes Herze war
unschuldig und wie Wasser klar.

Die Frauen weinen stärker. Er fährt fort: Det mußt ick mit Kremserweiß ieberjehn, und det hier, det »Jott«, det is preußisch blau. *Er trinkt. Schmied Langheinrich kommt.*

LANGHEINRICH, *immer begehrlich Leontinen ins Auge fassend.* Nu sage man, Rauchhaupt, Menschenskind, ich such dir ja seit 'ne halbe Stunde! Ick denke, ick soll dir abhol'n, Quatschkopp. – Na, is et denn nu zur Zufriedenheit?

FRAU FIELITZ. Ach, laßt mich doch alle mitnander in Frieden! Wenn ma erst amal so an Mann verliert, wie soll man hernach mit euch Scheißkerlen auskomm!

FIELITZ. Komm, Ladewich, zieh dir mal ran 'n Schemel. Laß se man erst zu Verstande komm.

LANGHEINRICH, *pfiffig und lustig.* Ja, ja, det ha ick ooch immer jesagt: det Sterben, det hat der Deibel erfunden.

FRAU FIELITZ. Mir war'n ieber zwanzig Jahre verheirat. Aber auch ni nich a eenziges beeses Wort. Und wie der reelle war, bis uff a Fennig! Der hätte keen nich um an Fennig gebracht. Und nüchtern! Der kannte erscht gar erscht keen Schnaps. A sah 'n nich an, man konnt 'n dreist hinstell'n. Und wie der die Kinder derzogen hat! Ihr denkt bloß ans Kartespiel'n und Schnapssaufen.

LEONTINE. Justav pläkt mir die Zunge raus.

RAUCHHAUPT *bekommt einen Schusterleisten zu fassen und stürzt jähzornig auf Gustav zu, der Leontinen Grimassen geschnitten und die Zunge herausgesteckt hat.* Kanaille! Dir hau ick 'n Schädel ein! – Det Schindluder bringt mir noch in die Jrube. Ick ärgre mir noch mal 'n Dod an 'n Hals.

LANGHEINRICH. Det arme Luder versteht et ja nich.

RAUCHHAUPT. Wenn doch det Schindaas krepierte, verfluchte! Sonst were ick noch mal so fuchsdeibelswild, ick verjreif mir noch mal an't eijne Fleisch.

FIELITZ. Ick tät ihm doch interminieren uf Dalldorf, denn biste den Ärjer doch los, akkurat. Soll ick dir machen 'ne Einjabe, wat?

RAUCHHAUPT. Versteh ick mir etwa nich uf Einjaben? Da heeßt et: er is nich jemeinjefährlich. Det is allens Dalldorf, die janze Welt! Det er Klamottziegeln nach mir schmeißt, det er Schlösser ausschraubt und Hausschlüssel stehlen dut, det halten se nich for jemeinjefährlich. Ooch det er und frißt mir die Tulpenzwiebeln, det halten se allens nich dafor. Da kann ick man immer sehn, wo ick bleibe.

FRAU FIELITZ. Wie is'n das neilich bei Grabown geworn? Wie neilich der Preuß'sche Adler abbrannte?

LANGHEINRICH. I, Jrabow, der hat et netig jehat. Keen Justav hat det nich anjestochen. Da hat der keen Justav zu nich jebraucht.

FRAU FIELITZ. 's heeßt doch, a gokelt immer mit Streichhölzern.

RAUCHHAUPT. Justav? Jokeln? Na immerzu. Wo der man 'n Zindhelzken uffstöbern dut, denn is ooch't Malheur schon so jut wie fertig. Ick brauche doch Decken zu meine Treibhäuser, da ha ick mir doch so'n Schuppen jebaut. Da ha ick det Stroh also unterjebracht. Na, siehste woll! wat ick Ihn sage, Meestern, det hat mir der Schweinhund abjebrannt. Et war hellichter Dag, da hat's keener jemerkt, und ick habe ja Planken um 't janze Jrundstück. Det knisterte wech, det war man so'n Puff! – Aber Jrabow, der hat et alleene besorjt.

FRAU FIELITZ. Aso was tät ich doch anzeigen, Rauchhaupt! Ich meene, das mit dem Strohverbrenn!

RAUCHHAUPT. Ick steh mir mit Schandarm Schulzen nich. Det is meistens so mit de Kollegenschaft. Ick habe mir emeritieren lassen. Det jefällt ihm nich. Det paßt ihm woll nich. Na ja. Jewiß doch, det mag ja woll sind. Ooch det ick mein eijenes Jrundstück habe, und det mir de Olle jestorben is. Jewiß doch, wo wär ick denn leujnen, wat? Et hat 'n paar Daler abjesetzt. Und det mir die Järtnerei wat einbringt — det will er mir allens nich verjönn. Denn heeßt et: Rauchhaupt, der hat et nich nötig. Laß der man uffpassen. Abjemacht.

FRAU FIELITZ. Fritze Grabow is doch fein raus jetzunder.

LANGHEINRICH, *lebendig*. Det hat er mir zu verdanken all. Bloß det ick bald eklich bei rin wär jeschliddert. Weil det ick doch Spritzenmeester bin. Ick hatte zu meine Jungens jesagt . . . Ick weeß nich, war ick nu'n bißken bestrampelt? Ick hatte mir ornd'lich eenen bezähmt. Die janze Jesellschaft war anjeroocht! Ick sage: Jungens, man feste ran, det bloß keen Stein uff'n andern bleibt, denn kriegt Jrabow Abzüje ieber Abzüje, und denn nutzt ihm der janze Klieter nischt. Det hatt ick 'n bißken laut jeschrien, und wie ick zwee Schritte rickwärts mache, da denk ick, mir soll 'n Affe rasieren: steht Schandarm Schulze und kiekt mir an. Prost! sag ick. Prost, Herr Oberschtwachtmeester! — Jrabow, der hatte ja Bier uffjelegt! — und denn war er jemietlich und trank mir zu.

FRAU FIELITZ. Ich weeß ni, daß da nischt is rausgekomm. Der is doch o gar kee bissel gerissen. Wie hat ock der das aso angestellt?

LANGHEINRICH. Fritze Jrabown hat jedet jern.

FRAU FIELITZ. A kann doch reen ni bis uf drei zähl'n. Und außerdem hat a doch schwer'n gemußt.

RAUCHHAUPT. So 'n bißken schwer'n, det soll wat sind? Det se uff alle Fälle Bescheed wissen: ick meene man, Meestern! Wer weeß et denn? 'n jedet kann mal vor so was jestellt sind. Janz einfach abdrehn 'n Hosenknopp, indem det man janz jeruhig schwer'n dut. Probieren S' et man, det jeht wie jeschmiert. *Lachen.*

FRAU FIELITZ. A is wieder spaßig uffgelegt. Ich wer mer keen Hosenknopp ni brauchen abdrehn. Aso weit kann's schon nich komm mit mir. — Wer kommt denn nu jetzt an de Reihe, Meester? 's wär' doch nu wieder mitsachten Zeit. Es muß doch nun bald amal wieder ee's abbrenn.

LANGHEINRICH. Det kann bei dem und bei jenem sind. Bei Strombergern sieht et sehr mulmich aus; dem rejnet et in de Wohnstube rin. Na, scheen jut'n Abend! Spaß muß sind.

FRAU FIELITZ. Wer soll denn nu hier mein heeßen Grog trink'n?

FIELITZ. Hierjeblieben!

LANGHEINRICH. Nee, nee, ick muß fort. *Er umfaßt Leontine, die sich lässig und mit schnödem Gesichtsausdruck aus seinem Arm dreht.* Wenn Mutter mir unten nich pinken hört, denn, komm ick zu Haus, denn schwimmt Ihn't Koppkissen.

LEONTINE. Det is ja bloß Eifersucht, Mama.

FRAU FIELITZ. A is woll danach, die kann immer recht hab'n. Pack du dich an deine Arbeit ruff! – Wie jeht's d'n der Meestern?

LANGHEINRICH. Schlecht. Wie soll't jehn?

LEONTINE. Du wirst mir so lange hetzen, Mama, bis ick noch wer de Schwindsucht kriejen.

FRAU FIELITZ. Vielleicht vo was anderm, vom Schneidern ni. Hab dich ock pimplich, wie a Mann!

LANGHEINRICH, *Frau Fielitz umfassend.* I, junge Frau, nich so kratzig sind! Wo Jugend is, det will sich ooch austoben. Und wenn't ooch man mit Schandarm Schulzen is! *Ab.*

FRAU FIELITZ. Was soll denn das wieder heeßen, hä?

RAUCHHAUPT. Meester! Meester! Ick schließe mir an. *Er steht auf, winkt Gustav, der das Kreuz wieder aufnimmt.*

FRAU FIELITZ. Was rennt Ihr denn nu asu plutze fort?

RAUCHHAUPT. Ick muß nun ooch jehn, de Arbeet totschlagen. *Ab mit Gustav.*

FRAU FIELITZ. Was hust'n du wieder mit Meester Langheinrich? Du stellst dich ja gar asu dämlich an.

LEONTINE. Jar nischt. Er soll mir in Frieden lassen.

FRAU FIELITZ. Das wird a o gutt und gerne dahier! Wenn du dich aso rumgähnen und rumrekeln tust, da wirscht du dich gar weiter ni missen anstreng'n: asu eene braucht der woll sicherlich nich.

LEONTINE. Er is ja verheirat!

FRAU FIELITZ. I, luß ock! 's is gutt. Du hast keen Verstand, weil de ebens zu tumm bist. Du hast a Kind und keen Mann ni derzune; Adelheid hat kee Kind und an Mann. *Leontine langsam ab.* – Wenn die sich an Sache a bissel tät wahrnehm . . . Langheinrich kann bale Witwer sein!

FIELITZ. Da kann ick mir ooch nich sehr drieber erjötzen, det Schulze det Mächen so nachloofen dut.

FRAU FIELITZ, *kurz.* Ock ni mit'n Koppe durch de Wand! *Sie setzt sich, nimmt aus einem Tischschub ein Büchelchen und sieht es durch.* Du hast an Posten. Na gutt. Warum ni! Das is ni zu ändern, 's is wie's is. Da muß ma sich hitten von all'n Seiten. Laß du bloß a Wachmeester Schulze in Ruh! Haste a Brief von Schmarowski gelesen?

FIELITZ. I, Jott ja! det steht mir bis oben ruff. Mir hätte man eener soll'n det Jeld jeben, bloß halb det, wat der so verbuttert hat! Aber nee: um mir hat sich keener jekümmert, uff Bauschule hat mir keener jeschickt.

FRAU FIELITZ. Ich mechte ei aller Welt amal wissen, was du immer mit Schmarowski hast!

FIELITZ. Nee du! Ick nich. Mich jeht er nischt an. Aber wenn du det Maul bloß uffsperren dust, denn will ick ... verwett ick zehn Stiefelsohl'n: denn kommt ooch immer Schmarowski raus.

FRAU FIELITZ. Hat a dir was getan, hä? Nu?

FIELITZ. Nee. Kennt ick nich sagen! Wißt ick nich! Ick wollt et ihm ooch nich raten, Mutter. Bloß wenn ick ihm sehe, denn stick ick fast. Hätt'st ihn man selber sollen heiraten.

FRAU FIELITZ. Ock dreißig Jahr jünger. Gerne genug!

FIELITZ. I, zieh doch bei deine Tochter hin. Man zu! Immer zu doch! Bei Adelheid. Denn haben se dir mang die Finger fest, denn kannste janz loswerden deine paar Jräten.

FRAU FIELITZ. Das is a strebsamer Mann dahier, der braucht wahrhaftig uff mich nich zu warten! Mit euch is halt eemal keen Vorwärtskomm. Statts daß se sich helfen ... i ja doch! nu da! da hackt eener bloß uf a andern nei. — Schmarowski, das is a proweckter Kerl! An dem is kee nausgeschmißnes Geld! Da is keene Angst: der wird sein Weg machen. Aber wenn du a wing was vom Leben verstehn tätst, da werd'st du ooch wissen, was de machst.

FIELITZ. Ick?? Wie denn? Woso denn? Woso denn ick?

FRAU FIELITZ. Was hat mir der Mäuermeester gesagt? Ich ha'n amal besoffen gesehn, 's war, wie se de Kirche gehoben hatten. Da sagt a: Schmarowski, das is ein Hund! A weeß o, warum a das sagen tutt. Der zeechnet se alle ei a Sack.

FIELITZ. Na, laß er man zeechnen, immer zu.

FRAU FIELITZ. I, freilich! der wird immer sitzen und zeechnen, und de Mäuermeester wern fett d'rvon.

FIELITZ. Ick habe de Welt nich injericht.

FRAU FIELITZ. Nee! Aber du hältst o de Welt ni uff.

FIELITZ. Det will ick ooch nich.

FRAU FIELITZ. Du hältst se ni uff, Fielitz, de Welt ni und mich ni. Abgemacht! *Sie hat das in leicht höhnischer, halb verlegen lachender Weise gesagt und packt nun erregt ihr Büchelchen weg.*

FIELITZ. Mutter, ick kann mir nich anders rausfinden: ick denke immer, et rappelt bei dir.

FRAU FIELITZ. Da hat's woll bei Grabown gerappelt, was? Deshalb wohnt a ooch jetzt in am neuen Hause. – Ich winschte, es tät amal rappeln bei dir. Aber wenn dich kee andrer nich rappelt, Fielitz, da bäckt dir der Arsch an a Schemel fest.

FIELITZ, *mit Entschiedenheit.* Mutter, schlag dir det man aus'm Kopp! Ick sag et dir janz im Juten, Mutter. Ick jebe da meine Hand nich zu. Denn warum? Ick weeß, was det uff sich hat. Soll ick mir noch mal in so wat rinstürzen? Zu so wat bin ick nich jung jenug.

FRAU FIELITZ. Ebens weil de a aler Kracher bist, da sollt'st de dersch grade erscht recht ieberleg'n. Wie lange werscht du noch machen dahier, du bringst doch schunn heute nischt Rechtes mehr uff. Was hast du an Wehrhahns Stiefeln gemurkst! Bald ieber zwee Wochen hat das gedauert.

FIELITZ. Na, Mutter, liije man nich zu doll!

FRAU FIELITZ. Dei Schusterier'n, das is fer de Katze! Ich bin nischt meh wert, und du bist nischt meh wert. Aso is Punktum! Ich tu mich ni ausnehm. Und wenn ma sich da keen'n Rickhalt ni schafft, da muß man zuletzte doch noch uff a Bettel. Da mag ma sich sperr'n asu viel, wie ma will.

FIELITZ. Mutter, mit dir is et sonderbar: det is wie so 'n Deibel, wenn et dir packt. Erst tunkt et so uff, Jott weeß, wo et herkommt. Denn is et da, und denn is et fort. Denn kommt et pletzlich mit eenmal wieder, und denn laßt et dir aber schon jar nich mehr los. Ick ha ooch schon schwere Kunden jekannt, ha ick, aber Mutter, denn, Mutter, kann ick dir sagen, denn ieberläuft et mir manchmal kalt.

FRAU FIELITZ *hat das Buch wieder herausgenommen und sich hinein vertieft.* Was haste d'r nu hier derbeine gedacht? Mir sein hier mit Siebentausend versichert.

FIELITZ. Jedacht? Ick habe mir jar nischt jedacht.

FRAU FIELITZ. Was hier a dem Hause dran is dahier, das is ebens der Grund und Boden, sonst nischt.

FIELITZ *steht auf, zieht sich den Rock an.* Laß mir zufrieden, verstehste woll!

FRAU FIELITZ. Na, etwa nich? Na, nu heer aber uff! Das hab ich ernt noch frieher gesehn hier, da war'n mir erscht lange noch gar ni verheirat. Das hat mir Schmarowski schon zehnmal gesagt: das wär hier a Platz fer a großes Haus. Und wer da Verstand hat: 's is ock nich andersch! – Nu sieh amal; drieben, da is de Ap'theke! A Stickel schrägieber links is de Post! A Sticke ruf is de Bäckerei; der hat sich an scheenen Laden gebaut. Vier neie Villas sein wieder entstanden, und wenn mir amal jelektrische Bahn kriegen, da sein mir hier mitten im Zentrum dahier.

FIELITZ, *im Begriff zu gehen.* Ju'n Abend!

FRAU FIELITZ. Willste noch fortgehn heut?

FIELITZ. Ja! Denn ick kann det nu nich mehr abhalt'n. Hätt ick jewußt, wat du for'n Mensch bist – ick habe dir bloß nicht so jekannt –, denn sollt ick mir det woll ieberlejt hebb'n. Det hätt ick mir fimfmal ieberlejt.

FRAU FIELITZ. Du? Was denn? Was hätt'st de dir denn ieberlegt?

FIELITZ. Soll ick mir lassen zu so wat anstiften . . .

FRAU FIELITZ. Was denn? Was hätt'st du dir denn ieberlegt? Du hast dir eim Leben nischt ieberlegt. Aso a Eefaltspinsel wie du . . . so eener und ieberlegen dahier! Da mecht o a scheener Blechwitz rauskomm.

FIELITZ. Mutter, ick jebe dir det zu bedenken . . .

FRAU FIELITZ. Anstiften! Was denn? Wer stift dich denn an? Die ale Kaluppe wird amal abbrenn. Die wird amal abbrenn, so oder so. 's wer denn, se bricht uns noch vorher zusamm. Die quetscht sich doch zwischen a Häusern nei, ma muß sich ja schämen, wenn ma se ansieht.

FIELITZ. Mutter, ick jebe dir det zu bedenken . . .

FRAU FIELITZ. I, mach, daß de bloß aus de Haustiere kommst! Ich wer ooch bald meine Sachen packen. Du kannst ja zum Vorsteher riebergehn. Meinswegen! Ich ha dich ja angestift.

FIELITZ. Mutter, ick jebe dir det zu bedenken . . . paß uff, det de dir nich de Schnauze verbrennst! Denn wenn ick und ick . . .

FRAU FIELITZ *macht Miene, ihn hinauszuschieben.* Immer naus! Immer geh! Immer fort mit Schaden! Je eher, je besser! Was willste denn noch?

FIELITZ, *außer sich.* Mutter, ick hau dir'n Ding iebern Dätz! Willst du mir rausschmeißen? Wat? Aus de Werkstelle? Is det hier deine Werkstelle, wat? Ick wer dir lehren, wachte du man!

FRAU FIELITZ. Na, ich warte ja immer! Du kannst ja losleg'n! Du werscht m'r a solches Männdl, du, du! Immer komm! immer komm! immer faß d'r a Herze! Ich wer m'r a Husten zurickehalt'n, sonste hust ich dich noch bis nei nach Berlin.

FIELITZ *in ohnmächtiger Wut, schmeißt einen Stiefel gegen die Wand.* Ick haue die janze Werkstatt zusamm! Da schlag doch det Donnerwetter rin! Dat soll doch jleich alles beim Deiwel jehn! Bin ick denn janz und jar verrückt? Behäng mir mit so 'n Satan von Weibsbild und könnte det scheenste Leben leben. Den ersten hat se in't Jrab jebracht, un nu bin ick der Schafskopp und liefre mir aus. Aber wachte man du, det jeht nich so leicht; eher schmeiß ick dir noch zum Tempel raus, eh det ick mir laß in die Pfanne haun, und lasse mir janz jehörig abfind'n. Ick nich! Ick nich! Det merk dir man.

FRAU FIELITZ. Na, gibb d'r bloß erscht keene Miehe, Fielitz.

FIELITZ. Ick nich! ick nich! Da verlaß dir man druff! Mir kriegste nich unter! Det merke dir man.

Er hat sich erschöpft niedergesetzt.

FRAU FIELITZ. Na, willste ernt noch an Stiefel, hä? Sonste: alte Stiefeln hat's ja genung. Du hast mich woll aus Verliebtheet geheirat?

FIELITZ. Det mag Jott im Himmel wissen, warum!

FRAU FIELITZ. Simlier ock amal, da wird dirsch schon einfall'n. Aus Mitleed verleichte? Wie? Oder nich? Oder wärsch ernt mei Ausgeborgtes gewesen? Na siehste's! Ich gloobe, das werd's woll sein. Du kannst vor mir hundert Jahre leben! Das is ebens immer dieselbe Sache: Ihr wißt's ebens nich, wer's gutt mit euch meent. Das war mit Julian o nich viel andersch. Und wenn 's halt dem anach wär gegang'n, da könnt ich heut freilich o nischt nich derspart hab'n. Ma meent's ebens viel zu gutt mit euch.

FIELITZ. Und denn soll ick jehn und een Streichholz nehm und soll mir det Dach ieberm Koppe ansteck'n?!

FRAU FIELITZ. Daß du wirscht baun missen, hast du gewußt. Das ha ich m'r o uff der Stelle gesagt, und baun kust Geld, das is ni zu ändern. Unse paar Fennige lang'n da ni. Wenn mir hier hätten a richt'ges Haus stehn ... Schmarowski, dar wär uns ees uffbaun! Na he! Da kennten sich alle mitnander verstecken. Du hätt'st deinen scheenen Laden dahier. Ma tät a paar hundert Taler reinsteck'n und verkooft'n ganz einfach unse Fabrikschuh. Willste noch Flickerei iebernehm, da setzte d'r halt 'n Gesell'n hin, und wenn de willst auch amal etwa a Stick mach'n, da haste meinswegen Zeit genung.

FIELITZ. Ick weeß nich! Mir jeht det iebern Verstand. Ick denke, ick hab'n Stick Jeld in de Hand ... ick denke, ick wern Stick Jeld in de Hand kriej'n! Det Lädeken anbaun, det is doch 'n Spaß! Det hab ick mir allens so ausjedacht! So mit die Rejale und allens und so! 'n Rejulator wollt ick mir hinhäng'n! Nu sitzte uff deinem Jeldsacke druff, jrade wie so'n Zerberus.

FRAU FIELITZ. Das is ni ock, daß ma das asu hinschmeißt! Das hat ma sich wohl ernt sauer verdient.

FIELITZ. Ick habe doch aber schon wat uff'n Kerbholz. Soll ick denn wieder trill'n, wat?

FRAU FIELITZ. I, Fielitz, morgen is ooch noch a Tag. Ma muß ooch ni alles gar aso ernst nehm! Ich ha ja ooch eeg'ntlich bloß Spaß gemacht. – Geh nieber zu Grabown, trink a Glas Bier! A jedes soll halt zufrieden sein! Und wenn du keen Schuhladen ni kannst uffmachen, da mußte halt weitermurksen dahier. Und wenn de kannst nie keen Regulator ni koofen – a guttes Gewissen is ooch was wert.

ZWEITER AKT

Die Schmiede des Meisters Langheinrich. Das kleine Haus tritt schräg in die Dorfstraße herein. Der überragende Fachwerkgiebel ist durch hölzerne Träger gestützt. Der untere, freie Raum bildet den Schmiedeplatz. Hier stehen Räder angelehnt, ein Pflug, Radreifen, Roheisen usw. Auch steht ein

Amboß im Freien und mehrere Werkzeugschemel. Hinter dem Haus hervor, schräg herein, das Gestell eines Brettwagens. Das linke Vorderrad ist abgenommen und die Achse mit einer Winde gehoben. Durch das Tor zur Werkstatt sieht man Schmiedefeuer und Blasebalg. Der Schmiede gegenüber, auf der linken Seite der Dorfstraße, die sich nach hinten in einer Wendung verliert, ist ein Plankenzaun. Ein kleines, verschlossenes Pförtchen führt auf die Straße. – Wolkiger Tag. Wind. Doktor Boxer, in Schlapphut und leichtem Überzieher, streckt einen Schmiedehammer. Ede hält ein Hufeisen in der linken, einen kleineren Hammer in der rechten Hand und schaut zu.

EDE *zählt.* ... zweeundzwanzig, dreiundzwanzig, vierundzwanzig und eens macht fünfundzwanzig und noch eens macht sechsundzwanzig. – Herr Jott noch ma, schon een Loch weiter wie ich! Und siebenundzwanzig und achtundzwanzig, neunundzwanzig, dreißig. Aller bonkör, Dokter! Jut jemacht! Det macht woll de Seeluft?

DOKTOR BOXER. Kann schon sein. Sie sehn, ich hab's noch nicht ganz verlernt, Eduard.

EDE. I, weeß der Deibel! Det kreppt mir sehr. Nu woll'n wir noch mit Jewichte probier'n. Ick strecke bis anderthalb Zentner, Dokter. Sie strecken doch anderthalb Zentner nich?

DOKTOR BOXER. Weiß nicht. Kommt auf 'ne Probe an.

EDE. Wat? Anderthalb Zentner woll'n Sie strecken? Da mißten Sie ja 'n Herr Kules sind. Det lern Se doch uff de Schiffe nich. Sie sind doch for Totendokter jereist, denk ick, und doch als keen Kettensprenger nich! – Sie, sehn Sie ma dort det Männeken an, det dort bei Fielitzen rin in't Haus will. Det is Mutter Fielitzens Schwiejersohn.

DOKTOR BOXER, *schmunzelnd.* Der sieht ja wie'n Konsistorialrat aus.

EDE. Jawolloch! det is Konzitorialrat Schmarowski. Mumum, Kiekik! Die Olle is fort, mitsamt ihrem Hallelujaschuster. Da wird heut mit Pinke-Pinke nischt sind. Denn sehn Se: der kommt und denn will der ooch Jeld hebb'n. Der is in Dalles, sonst kommt der nich!

DOKTOR BOXER. Die Fielitzleute sind heut nach Berlin, ich hab' sie heut morgen am Bahnhof getroffen. Der Schuster ist wohl 'n bißchen nicht recht?

EDE. Woso? Det is uffs Amt nich jemeld't. Det is all 'n ausjetragner Junge . . . Nee! det der verrückt wär, wißt ick nich.

DOKTOR BOXER. Er schwatzte so blödes Zeug durcheinander und sah mich beim Reden gar nicht an. Kerl sah aus wie's leibhaftige böse Gewissen. 'n Gewissen hat der doch aber nicht.

EDE. Sie! Wo Se damals sind rinjefallen, de Haussuchung, wo se doch haben jemacht, da is Schuster Fielitz mit mang jewesen. Det Süppchen hat der Ihn mit injebrockt. *Frau Schulze guckt aus dem Giebelfenster.*

FRAU SCHULZE. Ede!

EDE. Wat is?

FRAU SCHULZE. Ob Meester Langheinrich noch nich da is?

EDE. Na janz natürlicherweise doch. *Frau Schulze verschwindet vom Fenster. Ede tritt unter den Giebel zurück.* Fix! Nehm Se ma eens den Hammer, Dokter, und machen Se ma 'n bißken mit. Wenn Se noch so bei Kräften sind, denn sollten Se det doch ooch nich verlernt haben.

DOKTOR BOXER. Ich habe geschlossert auf Deubel komm raus, wenn mir auf dem Schiffe die Zeit manchmal lang wurde. Da hatt' ich die schönste Gelegenheit.

EDE. Doktor und Schlosser und wat denn nu noch . . . Wurschtmacher sind Se woll nich jewesen?

DOKTOR BOXER. Ich habe sogar auch mal Würste gemacht.

EDE. Die hat aber jewiß keener fressen jemocht?

DOKTOR BOXER. Das hätt' ich auch keinem geraten, Eduard. 's war nämlich hauptsächlich Arsenik drin. Wir konnten uns gar nicht mehr helfen vor Ratten.

EDE, *im Begriff loszuhämmern.* Brr! Vor so'n Salami bin ick nich. Na nu, Dokter, fix, ma rin in 't Jeschäft. De Meestern muß denken, det zwee arbeeten, sonst nimmt det Fragen keen Ende nich.

DOKTOR BOXER. Wo ist denn der Meister so früh schon hin?

EDE. Det is 'n Jeheimnis, sehn Se ma an! Det pfeifen de Spatzen uff de Dachrinne. – Dokter, bring Se det Rad ma ran! Da kenn Se sich jleich ma'n bißken verdient machen, so richtig ma um 'n preiß'schen Staat. Nämlich der Brettwagen jehört 'm Revierförster. Det kann Ihn ja woll nich schädlich sind?

DOKTOR BOXER. Nee! Überhaupt: ich muß mich lieb Kind machen. *Er rollt das Rad langsam, und es entgleitet ihm rückwärts.*

EDE. So leichte jelingt Ihn det aber nich! Det weeß der Deiwel, die sind nich verjeßlich. *Er fängt das Rad auf.* Halt, det de Jeschichte nich rückwärtsjeht; de Weltjeschichte muß vorwärts, Dokter! Da stemm ick mir immer noch jejen an.

DOKTOR BOXER. Man bloß mit 'n Finger vorsichtig sein! *Er nimmt ein Schurzfell um.* Wird denn der Meister noch lange fortbleiben?

EDE *pfeift.* Det richt sich janz nach de Schwierigkeit.

DOKTOR BOXER. Warum pfeifen Sie denn so bedeutungsvoll?

EDE. Meine elf Jeschwister sind musikalisch, woll'n S' et jlooben, bloß ick bin Schmied. *Beide arbeiten eine kleine Weile an dem Rade herum, dann fährt Ede fort:* Det wär keene schlechte Kamedie, Sie! Da kenn Se ma wat annoncieren, Dokter. Da kenn Se eens wat mit verdienen all. Det is richtig wat, so wat for Kinder is det! Sie sind nun so lange schon fortjewesen, deswejen wissen Se nich so Bescheid. Da kennt ick Ihn eens wat erzählen, Dokter, wat hier so bei Dage so umjehn dut. Kenn Se de jucht'ne Leontine?

DOKTOR BOXER. Bedaure sehr lebhaft! Kenne ich nicht.

EDE. Wat? Und da woll'n Se hier aus 'n Ort sind? Und kenn det jucht'ne Mächen nich? Det kann mit Ihn nich recht richtig sind.

DOKTOR BOXER. Ach so, Leontine! Die Tochter der Wolffen. Wegen der hab' ich mal schauderhaft Prügel gekriegt.

EDE. Nu hätten Se solln vor zwee Stunden hier sind. Da schlampte Ihn erschtlich det Mächen vorbei. Nee! Erscht Mutter und Vater ausjezogen. Noch janz jejen sieben in't Morjengrauen! Und denn Leontine um Uhre acht! Umjekiekt und Haus abjeschlossen und nu immer hin und her spaziert und jewart und jekratzt und Augen jeschmissen und zu juterletzt hier vorbeijejang. Der Meester, hui! Schätzken, wo jehst du hin? Und denn nach ne Weile kam Schandarm Schulze und stiebelte hinter de Juchtene her. Denn wieder der Meester; Schurzfell runter, und heidi wat haste, nach wie 'n Hirsch. So war det. So hätten Se det kenn beobachten, det andre wird nich zu beobachten sind. — Da kommt ja der Meester schon anjewichst. *Er beginnt sogleich eifrig zu arbeiten, tut, als wenn er den Meister Langheinrich, der frisch und eilig kommt, jetzt erst entdeckte.* Endlich! Jut, det Se da sind, Meester! Det reißt mit de Nachfrage jar nich ab. Hebben Se se noch jetroffen, Meester?

LANGHEINRICH, *kurz abweisend.* Wat denn?

EDE. Ick meene dem Omnibus.

LANGHEINRICH. Schnauze! Ick habe Jeschäfte jehat. Nu soll mir doch eener 'n Dahler schenken, wenn det hier nich Dokter Boxer is! Wie jeht's denn? Wie steht's denn? Wat machen Se denn? Wieder in Hafen injeloofen? Nu sind Se doch aber wech jewesen, det missen doch reichlich drei Jahre sind? Na ja. Det is — so verjeht de Zeit.

DOKTOR BOXER. Ich will mich hier niederlassen, Langheinrich. Das heißt, ich habe die Absicht, wenn's geht. Ich möcht' es nu auch mal zu Hause versuchen.

LANGHEINRICH. Zu Hause is 's immer am besten, jawoll! Zwar 't is eener hier, 'n Doktor, Herr Dokter! Wir haben een, der toocht aber nischt. Dem soll ja mal sind wat bejegnet sind mit so 'ne Ohrfeige oder dergleichen. Da soll er von tiefsinnig sind jeworn. Det is aber nischt for de Patienten! Von so wat wird keen Kranker jesund. Ick schicke zu Ihn, Dokter, wenn ma wat is.

DOKTOR BOXER. Die ersten zwölf Backzähne reiß' ich umsonst. Freun Sie sich bloß, wenn Sie mich nicht brauchen.

LANGHEINRICH. Heeßt et . . . Jawoll, meine Frau is krank.
Frau Schulze kommt hastig aus dem Hause.

FRAU SCHULZE. Nu is et man jut, det Se da sind, Meester. Heern S' et? Det Wimmern jeht immerzu.

LANGHEINRICH. Dokter, nu werd ick Sie ma wat fragen: wissen Se nischt jejen Eifersucht? Sehn Sie, ick habe wat Kleenet jekriegt. Ick freu mir damit ooch, sonst müßt ick et liijen. Warum denn? Ick wer ja woll ehrlich sind. Det Weib is nu krank. Nu kann se nich uffstehn, und ick soll nu ooch nich von de Bettkante fort. Denn schreit se, denn schimpft se, denn macht se mir Vorwürfe. Manchmal weeß ick wahrhaftig nich mehr, wohin.

FRAU SCHULZE. Ach, Meester, jehn Se ma erstlich ruff!

EDE. Lass'n Se man eens verschnaufen 'n Meester!

LANGHEINRICH. I wat denn! Noch wat! Mach ick jleich ab.

Nachdem er Hut und Jacke abgelegt und Pantinen an die Füße gezogen hat, schnell ab ins Haus.

EDE. Wat sagen Se nu?

DOKTOR BOXER. Kreuzfidel ist der Meister. Womöglich fideler als früher noch. Famos, einen Menschen so wiederzusehen!

EDE. Bloß det ick nach Leontinen jefragt hebbe: da hebb ick ihm, wat man so sagen tut, de Pudelmütze mit abjestoßen.

FRAU SCHULZE, *zu Ede, lauernd.* Wo war denn der Meester so früh schon hin?

EDE. In Lichtenberg, Schulzen, bei't Mottenfest.

FRAU SCHULZE. Die Frau wird janz falsch behandelt, Herr Dokter. Ick mische mir nich in die Sachen rin. Die wird so behandelt, kann ick Ihn sagen, det is keene richtije Behandlung nich. Ick ha et sojar Majunken jesagt, det so de Meestern zujrunde jeht.

DOKTOR BOXER. Herr Doktor Majunke ist doch sehr tüchtig! Den kenne ich als vorzüglichen Arzt.

FRAU SCHULZE, *einlenkend.* Nee, nee doch! Wo wird der nich tüchtig sind! O je! Det stimmt, det der tüchtig is. Sehn Se, bloß, det er und will nischt verschreiben.

DOKTOR BOXER. Na, was denn? Sparen die Leute ihr Geld.

FRAU SCHULZE. Det wollen aber eemal die Leute nich. Det is so: Medizin muß sind. Sonst heeßt et: wat soll uns'n Dokter helfen.

DOKTOR BOXER. Die Frau Meistern war doch von je nicht gesund. Schon wie sie vor Jahren bei uns hat geschneidert.

FRAU SCHULZE. So is det! 'n bißken verwachsen! Jawoll. – So is det! Det sind so de Weiber, Herr Dokter! Det is so 'ne Schneidern is det jewesen! Und hat sich so 'n Jeld zusammenjestichelt! Und wat hat se sich nu all mit injekooft? 'n scheenen Kerl und Krankheet und Sorjen und bei Tag und bei Nacht keene Ruhe nich. *Langheinrich kommt wieder.*

LANGHEINRICH *schlägt Frau Schulze derb auf die Schulter.* Allez, Schulzen! Mach, det de oben kommst! Allet in Ordnung! Abjemacht! Ick schaffe se morjen in't Klinikum.

FRAU SCHULZE. Det wird keene leichte Arbeit sind!

LANGHEINRICH *hebt eine große Wasserkanne an den Mund.* Ick kann det nich ändern. 't is', wie 't is. *Er tut einen ungeheuer langen Zug aus der Kanne. Im Absetzen:* Ede, jag ma de Enten wech!

EDE *tut, als ob er Enten scheuchte, raschelt mit dem Schurzfell und klappert mit den Pantinen.* Ksch! Ksch! Ksch! Alla katz, katz, katz! *Frau Schulze kopfschüttelnd ab ins Haus.*

LANGHEINRICH. Det sind Ihn de reensten Feuerfresser! Braucht bloß so'n Stück Rotjlut springen mal ab, denn eens, zwee, drei, is et rin in Schlung. Denn jibt et unfreiwilligen Entenbraten, und davon is meine Olle keen Freind. *Rauchhaupt guckt über die Planke links.* — Hinter Landsberg is wieder jroß Feuer jewesen. 'n janzes Dominium injeäschert!

RAUCHHAUPT. Hast du Justaven nich jesehn?

LANGHEINRICH. Moin, oller Mooskarpen! Nee, ick nich. Is woll ma wieder eens durchjebrannt?

RAUCHHAUPT. Ick hatte ihm rieber bei Fielitz beordert.

LANGHEINRICH. Bei Fielitzen sind se doch rin nach Berlin.

RAUCHHAUPT. Ick weeß nich, et brenzelt all so in de Luft. Au! *Er verzieht schmerzlich das Gesicht und greift nach dem Beine.* Is denn de Leontine nich da?

LANGHEINRICH. Die hat Termin uff'm Amtsjericht. Det is ewig die Not mit die Alimente. Der Jrünspecht, verdammte, zahlt immer nich.

RAUCHHAUPT *ruft.* Justav! *Er horcht und wendet sich dann bummelnd wieder nach dem Türchen, wobei ihn der Wind zaust und treibt.* Justav!

LANGHEINRICH. Ja, ja, et macht Wind. *Rauchhaupt verschwindet.* Ede!

EDE. Meester!

LANGHEINRICH. Nu ord'ntlich ma ran! *Er spuckt sich in die Hände und fängt an, frisch drauflos zu arbeiten.* Na, Doktor, wo sind Se denn rumjekutscht? Sind Se ooch bei de Chinesen jewesen? Det missen Se allens ma ordentlich auspacken, wenn ma for so wat mehr Zeit wird sind.

DOKTOR BOXER. Gewiß. Ich bin überall rumgekommen.

LANGHEINRICH. Haben Se de Seeschlange nich jesehn?

DOKTOR BOXER. Jawohl, Langheinrich, in der Südsee unten.

LANGHEINRICH. Is wahr, det se saure Jurken frißt?

DOKTOR BOXER. Mehrere hundert Schock jeden Tag!

LANGHEINRICH, *auflachend.* Ooch jut. Wenn Se se wiedersehn, Dokter, denn jrüßen Se se man eens scheenstens von mir.

DOKTOR BOXER. Dahin werd' ich wohl schwerlich mehr kommen im Leben.

LANGHEINRICH. Denn hab'n Se de Näse nu volljekriegt? Sehn Se: nu sind Se so weit wie ick, Dokter, und ick habe mir jar nich vom Flecke jerührt! – Da wird sich de olle Mutter eens freuen all. Et jeht ihr jut. Sie is jut im Stande. Ick hab mir immer 'n bißken jekümmert, 'n bißken so nach'n Rechten jesehn.

DOKTOR BOXER. Das war auch sehr nett von Ihnen, Langheinrich.

LANGHEINRICH. I, wo denn! Deswejen sag ick et nich. Übrigens, eh ick verjesse, Dokter! Ick habe noch wat bei de Frau Mutter zu stehn: vor Taft und Seide und Nadeln und Zwirn, ooch Stoff, wo de Frau so verschneidert hat. Ick stoße et aber nächstens ab.

DOKTOR BOXER *winkt ab.* Na alsdann! Die Sache wird sich ja einrenken.

LANGHEINRICH. Ede!

EDE. Meester!

LANGHEINRICH. Spute dir man! *Er nimmt einen schweren Hammer.* Wenn ick nich wat in de Finger kriege, denn fahr ick noch oben aus de Haut! – *Ede bringt mit der Zange ein rotglühendes Eisenstück und hält es auf den Amboß.* – Na nu man los, Dokter! Kernig! Forsch! *Er und Doktor Boxer hämmern im Takt auf das Eisen.* Na, sehn Se woll. Immer jleichmäßig, Dokter! I, Dokter, det jeht ja wie Buttermilch. *Sie setzen ab, Ede trägt das Eisen wieder in die Schmiede und hält es ins Feuer. Langheinrich setzt wiederum die Wasserkanne an den Mund.* Det war vor de Katze! *Er trinkt.*

EDE. So was macht Durscht. *Langheinrich setzt ab.*

LANGHEINRICH. Aber jlooben Se 't, Dokter: schön war 't doch!

DOKTOR BOXER. Was war denn nun eigentlich schön, Meister Langheinrich?

LANGHEINRICH. Hurrjott, ja! Ick weeß nich! Ick weeß weiter nich. Aber wie ick bin Wachtmeester Schulzen bejejnet, ick hab mir hundsfuchsdeibelsmäßig jefreut.

EDE. Jetzt noch so 'n Jlas Bier all von Jrabown drieben, det könnt ick so jrade vertragen all.

LANGHEINRICH. Mach, hole drei Seidel! Herr Boxer zahlt's. – *Ede wischt sich die Hände in die Schürze. Ab.* – Nu woll'n

Se sich also hier niederlassen! Det is keen schlechter Jedanke nich. Bloß det . . . hier muß eens jerissen sind, und wenn ick Sie soll wat raten, Dokter: bloß nich umsonst bei de Leite jehn.

DOKTOR BOXER. Wird man mich denn sonst in Ruhe lassen?

LANGHEINRICH. I, olle Jeschichten! Det is ja verjährt. Heut könn se ooch nich mehr so ran an de Leite, wie damals unters Ausnahmejesetz.

DOKTOR BOXER. Ich werde nun jedenfalls den Versuch machen. Gegen Politik bin ich abgekühlt. Wenn mich trotzdem die Leute doch schikanieren, dann sock' ich ganz einfach wieder ab. Geh' wieder zur See oder lasse mich anwerben.

LANGHEINRICH. Wasser hat keene Balken nich!

DOKTOR BOXER, *fortfahrend.* Dann lass' ich mich anwerben für Brasilien und geh' mit den russischen Juden mit.

LANGHEINRICH. Bringt det wat in?

DOKTOR BOXER. Gelbes Fieber vielleicht.

LANGHEINRICH. I, noch wat, Dokter? Det wär nischt for mich.

DOKTOR BOXER. Das glaub' ich.

LANGHEINRICH. Ick mir vor andre abschinden? Ei wo! Jott bewahre! Tut Langheinrich nich. Woso denn? Mir jibt woll ooch keener wat. De Menschen, det sind Ihn jerissene Brieder, det ha ick nu mittlerweile jelernt.

DOKTOR BOXER. Sie Heide Sie! Sie sind ja kein Christ!

LANGHEINRICH. Uff die Weise komm Se bei uns nich weiter! Ick bin so'n Christ, wie se alle sind! Wat hier in de neie Kirche sitzt, wo se doch jetzt hier de Kirche jebaut hab'n! – da mag Jott die Christen verjeben all.

DOKTOR BOXER, *schmunzelnd.* Na ja, das sagen Sie so, Meister Langheinrich. Man darf doch kein Pharisäer sein. Wo bleibt da die christliche Langmut, Freundchen?

LANGHEINRICH. Nee! Kann ick mir nich zu verstehn all. Ick bin ooch'n Sünder, warum denn nich? Aber wat hier zum Beispiel Dalchow is: bei dem soll der Deibel langmietig sind. Wat hat der mit seinem Sohne jemacht? Rausjeschmissen in Winter, bei Nacht. Denn festjebunden und durchjebleut. Denn hat er det Jungchen bei'n Schlachter jetan, und denn hat et mußten de Hämmel austreiben. Det Aas, der Olle, jing in Glacés! Und denn immerfort so lange jetrietzt, det vermickerte Kerlchen so lange jeschunden, bis er in See is rinjegang. Bloß immer feste 'n Kopp jeschittelt und unterjetaucht und aus und hin.

DOKTOR BOXER. Was haben Sie denn gegen Dalchow, Langheinrich? Der versteht seine Sache doch ganz brillant.

LANGHEINRICH. Ja, Mächens betrügen und so wat all. Und denn Bierdeckel um de Ohren jeschlagen, und denn heeßt et: raus det jemeine Mensch. Uff eenmal sind se jemein jeworn, wo doch der Hund se hat zu jebracht. – Und denn is er mit Wehrhahn immer jut Freund und brillt wie so'n Schwein bei de Volksversammlung: et täte heut keene Moral mehr sind . . . und Jesetze dajejen . . . und wie und wat; und wenn Se woll'n in de Kirche jehn: da sitzt det Aas und verdreht de Oogen. – *Man hört fernes Glockenläuten.* – Horchen Se man: der Piepmatz singt. Det nenn ick immer den Piepmatz, Doktor. Denn sag ick immer: der Piepmatz singt. Ick meene, wenn se de Jlocken läuten. – Na, hab ick nich recht, det der Piepmatz singt? Seit Wehrhahn den Piepmatz im Knopploch hat, denn haben de Jlocken anfangen zu läuten. Und wenn det die Jlocken und täten nich läuten, i, denn hätte der ooch keen Piepmatz nich. *Ede kommt grinsend mit drei Seideln Bier.*

EDE. Meester! Meester! Der Piepmatz singt.

LANGHEINRICH. Na sehn Se 't, der kennt et schon jar nich andersch. *Jeder hält sein Seidel, sie stoßen an.* Prost! Scheen willkommen in 't Vaterland! *Sie trinken und setzen ab.* Det is 'n schöner Abend heut morjen. Die Nacht möcht ick ma bei Tage sehn.

DOKTOR BOXER. Jetzt will ich mal 'n bißchen lästern, Meister. Ich bin gar nicht gegen das Kirchenbauen.

LANGHEINRICH. Ick ooch nich. Kriejen de Menschen Arbeet! Ick habe zwar det Mal nischt bei besehn! Und wenn ooch manchmal 'n bißken Klamauk is, so Paster Friderici und so'n Klimbim mit bunte Fenster und Altardecken, det schad't nischt; 'n bißken Feez muß sind.

DOKTOR BOXER. Die Leute woll'n auch ihr Vergnügen haben. Und außerdem sag' ich mir so, Meister Langheinrich: 'n höheres Prinzip muß vertreten sein.

LANGHEINRICH. Et macht ooch Zuzuch, könn Se mir glooben. De Baustellen sind eens jestiegen seitdem.

EDE. Meester, es war mal eener jewesen, der hat keen Dach

ieberm Koppe jehat . . . i, wat denn, det will ick ma noch ma anfang'n. – Ick war ma tief in de Heide drin. Uff eemal, wat wer ick hören, Dokter? Da hör ick uff eemal so'n jroßet Jeschrei. Denn komm ick näher. Krähen! Jawoll! Et baumelte eener hoch in de Fichte! 'n Schneiderjeselle aus Berkenbrück, der hat sich aus Hunger uffjehängt! Jawoll: et muß immer wat Höh'res sind. – *Während sie austrinken, hört man aus einiger Ferne langgezogene Schmerzensschreie einer Männerstimme. Der Wind hat zugenommen.*

DOKTOR BOXER, *erschrocken.* Was ist das?

EDE. Rauchhaupt! Det is weiter nischt.

LANGHEINRICH. Ja, ja, det hört sich janz jruslich an, Dokter. Wat Scheenet is et ooch weiter nich. Wenn der seine Schmerzen am Beene kriegt und denn nachts so losröhrt hinter de Planke, det jeht een wahrhaftig ooch durch und durch. Nee, eh ick ma müßte so Schmerzen erleiden, denn schieß ick mir lieber mausetot.

EDE. Hurrjotte doch mal, det is wieder so'n Wind! Dokter, det Ihn de Kiepe nich wechfliegt.

Ein Hut wird vom Wind über die Straße gejagt. Schmarowski, ohne Hut, eine Papierrolle in der Hand, rennt hinterher.

EDE. He, he, he, he! Immer feste druff! Aujust, zeig, det de Beene hast!

DOKTOR BOXER. Der Deckel reißt aus, der macht nicht mehr mit!

SCHMAROWSKI, *der den Hut gefaßt hat, wendet sich geärgert an Doktor Boxer.* Was haben Sie eben so treffend bemerkt?

DOKTOR BOXER. Daß Sie ein vortrefflicher Läufer sind.

SCHMAROWSKI. Schmarowski!

DOKTOR BOXER. Boxer!

SCHMAROWSKI. Anjenehm. – Ich möchte Sie mal 'ne Frage stellen. Wissen Sie, was 'ne Theke is?

DOKTOR BOXER. Nee.

SCHMAROWSKI. Nich? Ick oock nich. Nu sagen Se man . . . aber was ene Schaute is, wissen Se doch!?

LANGHEINRICH. Hier is woll'n Pferd los?! Wat soll denn hier sind? I, Kinder, immer jemietlich sind! Tag, Herr Schmarowski, wie jeht's, wie steht's? Woll'n Se Frau Schwiejermutter besuchen?

SCHMAROWSKI. Ich habe jeschäftlich hier zu tun! Und eh ich's verjesse, möcht' ich noch sagen: nehmen Sie sich jefälligst in acht!

DOKTOR BOXER. Wer ist denn der amüsante Herr, Meister Langheinrich?

EDE. Det is Mutter Wolffens Schwiejersohn!

SCHMAROWSKI. Mit Ihnen werd' ick mir weiter nich einlassen.

EDE. Det is ooch besser.

SCHMAROWSKI. Mit Ihnen nicht! – *Wieder zu Doktor Boxer:* Aber wenn Sie nich wissen, wer ick bin, denn kann Ihn Baron von Wehrhahn Bescheid sagen, Ehrwürden der Herr Generalsup'rin'dent, Komtesse Bielschewski und Gräfin Strach.

DOKTOR BOXER. Bei all den Leuten soll ich nu rumfragen?

SCHMAROWSKI. Det tun Se! Det soll'n Se! Det machen Se man! Daß Se sich künftig besser könn vorsehen. – Sehn Se sich Ihre Leute an!

LANGHEINRICH. Wat is Ihn denn ieber de Leber jeloofen, det Se heute so unjemietlich sind?

SCHMAROWSKI, *zu Doktor Boxer, der mit breitem, behaglichem Lachen bald Langheinrich, bald Ede angesehen hat.* Nehm Se sich jefälligst in acht: es ist mit uns nich jut Kirschen essen. Wir lassen nich mit uns spaßen, jawoll. Und von die Rasse, zu der Sie jehören . . .

LANGHEINRICH. Halt, Herr Schmarowski, nu is et jenuch! Is nich! Et is nu jenuch, Herr Schmarowski. Sehn Se nu, det Se weiterkomm!

SCHMAROWSKI. Wissen Sie, wo ich von hier direkt hinjeh'?

LANGHEINRICH. Jehn Se direkt zum lieben Jott, jehn Se, wohin Se woll'n, Schmarowski, bloß halten Se mir nich vom Arbeeten ab! Wir haben hier keene Zeit zu verlieren! Ede, mache de Deichsel rin!

Schmarowski wütend ab.

EDE. Adje Sie!

DOKTOR BOXER. War das nu der Herr Schmarowski? Das viel beneidete Kirchenlicht? Das ist ja 'ne kleine giftige Kröte.

LANGHEINRICH. Jawoll, det stimmt, det der jiftig is. Den haben Se nich jekannt, Dokter Boxer? Na also, denn haben Se'n nu mal jesehn! 'n kleener, jerissener, galliger Hund.

Den sollten Se aber mal uffpassen, Dokter, wenn der mang de fromme Jesellschaft is. Denn läßt der de Löffel runterhäng'n, det den seine Mutter nich wiedererkennt: »Ick lebe noch vierzehn Tage höchstens, und denn komm ick zu Jesu in't Himmelreich«. Ja, Scheibe! der kommt janz woandersch hin. Bis dahin hat det noch lange Beene. Da denkt der ooch jar nich im Traume erscht dran. Der kiekt mittlerweile von unten ruff, und wo bloß wat raushängt, det wird ooch erjattert, det kann der jeringste Vorteil sind.

EDE. Na, Meester, nu kenn Se sich uff wat jefaßt machen! Die Arbeet is futsch bei't neue Stift.

LANGHEINRICH. Weeß ick. Meintwegen. Et is, wie't is. Zu sowat kann ick de Schnauze nich halten, det lern ick im janzen Leben nich.

DOKTOR BOXER. Habt ihr von der Sorte jetzt viel hier zu Lande?

LANGHEINRICH. Et jeht. Vor den Winter lang'n se all.

Rauchhaupt ist aus dem Türchen getreten. Er stemmt sich gegen den Wind und hält, mit der Hand über den Augen, Umschau.

RAUCHHAUPT. Herr Jeses, Maria und Josef, Meester, det is wieder ma heute so'n Maximum! Wenn wern se denn wiederkomm bei Fielitzen?

LANGHEINRICH. Det wird woll heute so bald nich sind. Se woll'n jehn 'n Rejulator inkoofen. Wat biste denn heute so uffjestört?

RAUCHHAUPT. Wat? Fielitz 'n Rejulator inkoofen? Ick jloobe, det ieberlebt der nich. *Ruft:* Justav!

LANGHEINRICH. Noch immer nich wiederjekomm? Er wird wieder ma uff de Jlocken passen. Denn sitzt er doch immer und paßt druff uff.

RAUCHHAUPT. Det is heute allens so kunterbunt. De Fielitzen hatte ihm rieberbestellt. Ick weeß nich . . . denn will se Rettigsamen, und denn fährt se janz einfach rin nach de Stadt. *Kopfschüttelnd ab.*

EDE. Von Uhre viere ab hab'n die rumjegunkt. Immer uff und ab mit de Diebslaterne. Die sind heute jar nich schlafen jejang.

LANGHEINRICH. Na, Fielitz 'n Rejulator inkoofen! Denn eßt der, schläft der und trinkt der doch nich.

RAUCHHAUPT, *hinter der Planke.* Justav!

DOKTOR BOXER. Da kommt ja der Bengel gerannt!

LANGHEINRICH. Richtig. Rauchhaupt! Justav is da.

Gustav kommt sehr aufgeregt angetanzt und zeigt, heftig gestikulierend, in die Gegend zurück, aus der er gekommen ist.

EDE. Det is woll 'n Kriegstanz soll woll det sind. Det hat janz 'n kannibalisches Ansehn! Ick jloobe, det Luder frißt Menschenfleesch.

LANGHEINRICH. Mache man, det de zu Vatern kommst!

EDE. Wiste woll!

LANGHEINRICH. Raus mit 'n Rettigsamen!

GUSTAV, *gestikulierend, bringt die hohle Hand vor den Mund und tutet wie durch eine Trompete. – Lachen.*

EDE. Wo brennt et denn nu, oller Pulverkopp?

LANGHEINRICH. Ede, halt'n man feste!

EDE. Jawoll! *Will sich an Gustav heranschlängeln; dieser merkt es, zieht sich tutend zurück und rennt tutend fort, dabei hat er eine Streichholzschachtel fallen lassen.* Nanu!

LANGHEINRICH. Wat is'n det?

EDE. Det kann ick eens brauchen.

LANGHEINRICH. Wat?

EDE. Schweden! 'ne janze Schachtel voll.

Frau Schulze kommt hastig die Treppe heruntergestürzt.

FRAU SCHULZE. Meester!

LANGHEINRICH. Wat denn?

FRAU SCHULZE. Meester!

LANGHEINRICH. Jawoll!

FRAU SCHULZE. Et . . . et . . . et . . . bei . . .

LANGHEINRICH. De Frau?

FRAU SCHULZE. Nee, bei Fielitzen.

LANGHEINRICH. Wo?

FRAU SCHULZE. Bei de Fielitzen . . .

LANGHEINRICH. Wie denn? Nich bei de Frau? Herrjott noch ma, Schulzen! *Er schüttelt sie.* Verschnauf dir doch man. Et is, wie et is, ick muß mir mit abfinden. Ick bin hier uff Dod und Leben jefaßt!

FRAU SCHULZE. Spritze!

LANGHEINRICH. Wat soll det nu wieder sind? Dir wird et woll rappeln.

FRAU SCHULZE. Nee, et brennt!

LANGHEINRICH. Denn blas et man, Schulzen! Wo brennt et denn?

FRAU SCHULZE. Bei Fielitzen!

LANGHEINRICH. Himmel Schockschwerenot! – *Er läßt Feile und Nägel fallen, die er in der Hand hat.*

EDE. Wo brennt et?

FRAU SCHULZE. Bei Fielitzen brennt's aus de Dachlucke!

DOKTOR BOXER *ist vorgetreten.* Mordsdonnerwetter, ist das ein Rauch! Komm Sie mal her, hier kann man's gut sehn, Meister.

EDE *hat ebenfalls in die Feuerrichtung gestarrt, macht ein Gesicht, wie wenn ihm ein Seifensieder aufginge, und pfeift verständnisinnig.* Da hilft keen Maulspitzen, gepfiffen muß sind.

LANGHEINRICH. Ede! Renne zu Scheiblern! Loof! Hole de Pferde! Jeh! Zu de Spritze! Det schwalcht ja schon iebern Jiebel ruff! *Er rennt ins Innere der Schmiede, wirft die Schürze ab, setzt den Feuerwehrhelm auf, macht Gürtel um usw.*

FRAU SCHULZE. Keen Mensch nich zu Hause, allmächtiger Jott!

DOKTOR BOXER. Das ist noch das Gute bei der Sache.

Man hört fernes Feuerhorntuten.

FRAU SCHULZE. Heern Se, Herr Doktor? Nu tuten se schon.

LANGHEINRICH *kommt wieder, als Spritzenmeister uniformiert.* Jehn Se man aus de Spucklinie, Schulzen! Sehn Se man lieber oben zu! Hier is nischt zu machen mit de Kristierspritze. Jehn Se man oben bei meine Frau. Halt! Schlissel zu 't Spritzenhaus! Deiwel noch mal!

Frau Schulze ab ins Haus. Rauchhaupt steckt den Kopf über die Planke.

RAUCHHAUPT. Meester, det brenzelt ja so in de Luft.

LANGHEINRICH. Et brenzelt jehörig! Bei Fielitzen brennt 's all!

RAUCHHAUPT. Wat Deiwel! Da weeß ick ja jar nischt von.

LANGHEINRICH. Na, Menschenskind, davor biste ooch Wachtmeester. *Rennt ab.*

Ein vierzehnjähriger Junge kommt gestürzt.

DER JUNGE, *zu Doktor Boxer.* Meester, 'n Schlissel zu't Spritzenhaus! Se kenn nich rin zu de Spritze, Meester!

DOKTOR BOXER. Ich bin nicht der Meister, beruhige dich!

DER JUNGE. Se soll'n jleich rum zu de Spritze komm!

DOKTOR BOXER. Junge, ich hab's dir ja schon gesagt.

DER JUNGE. Et brennt!

DOKTOR BOXER. Das weiß ich. Der Meister ist fort. Der ist jetzt längst bei der Spritze unten.

DER JUNGE. Et brennt, Se soll'n zu de Spritze komm! *Er läuft fort.*

Rauchhaupt ist mit zwei kleinen Mädchen, die sich an seinen Lumpen festhalten, in die Pforte getreten.

RAUCHHAUPT. Det bin ick jewohnt. Sowat regt mir nich uff. Mieze! Lotte! Kannst mal wat sehn komm. – Ick habe viel hundert Brände jesehn.

DOKTOR BOXER *legt das Schurzfell ab.* Es ist aber traurig für die Leute.

RAUCHHAUPT. Allens is traurig in de Welt. Et is bloß die Frage, wie man et ansieht! Detselbe, sehn Se, kann lustig sind. Ick ziehe zum Beispiel Ananas, und, sehn Se, wo ick det Warmhaus zu stehen habe, det jrenzt doch mit Fielitzens Hintermauer: nu brauch ick drei Tage nich heizen, sehn Se.

Ein etwas älteres Mädchen kommt ebenfalls durch die Pforte und schmiegt sich den übrigen an. Frau Schulze beugt sich aus dem Giebelfenster.

FRAU SCHULZE, *zurück ins Zimmer sprechend.* Meestern, Se kenn janz jeruhig sind, der Wind kommt janz von de andre Seite. *Sie verschwindet.*

RAUCHHAUPT. Haben Se de Feuerhexe jesehn? Die weeß immer, wo der Wind herkomm tut. – Ick ha mir zurückjezogen, jawoll. Bloß immer so'n Schweißhund, det mocht ick nich sind. Ick mische mir jetzt nich mehr in Jeschäfte. Aber die, det kennte 'n Bissen sind. *Ein Feuerwehrmann geht sehr aufgeregt tutend vorüber.* Man nich so doll, Aujust, immer Jeduld! Sonst . . . det dir man ja nich de Hose platzt.

FEUERWEHRMANN, *wütend.* Halt du de Schnauze, Urian! Versteck dir in deine Maulwurflöcher! *Tutend ab.*

Ein viertes und ein fünftes Mädchen, neun- und zehnjährig, schließen sich dem Alten an.

DOKTOR BOXER, *lachend.* Das is ja 'n ziemlich fleetziger Kerl!

RAUCHHAUPT. Justeken, Leneken, jib mich de Hand! – Det is bloß allet de Rasche, sehn Se, der weeß nich, wat vorjehn tut in de Welt. Der bläst de Trompete von Jericho, sehn Se, oder jar de Posaune von't Jüngste Jericht!

Drei Mädchen, elf-, zwölf- und dreizehnjährig, kommen ebenfalls aus der Pforte und fügen sich zu der Gruppe.

DOKTOR BOXER. Ich weiß nicht, wie meinen Sie das, Herr Rauchhaupt?

RAUCHHAUPT. Kann sind, Mutter Wolffen hat Schwaben jesengt. Jut! Mag et meinetwejen ooch andersch sind. Aber wenn Mutter Wolffen ma wat in de Hand nimmt, denn wird et allet jründlich rasiert!

DOKTOR BOXER. Wie meinen Sie das?

RAUCHHAUPT. Ick meene man bloß! *Er zieht sich zurück mitsamt den Kindern.*

DRITTER AKT

Amtszimmer beim Amtsvorsteher von Wehrhahn. Ein großer, weißgetünchter Raum zu ebener Erde. In der linken Wand die Eingangstür. An der Wand rechts der lange Amtstisch mit Büchern, Akten und dergleichen belegt; hinter ihm der Stuhl für den Amtsvorsteher. Am Mittelfenster Tischchen und Stuhl für den Schreiber. Ein Schrank aus weichem Holz vorn rechts. Einige Aktenregale an der Linkswand. Kleine Tür in der Hinterwand. Einige Stühle.

An seinem Tischchen sitzt Glasenapp. Der Stuhl des Amtsvorstehers ist leer. – Vor dem Amtstisch, in ziemlich erregter Unterhaltung, warten Doktor Boxer, Langheinrich in Spritzenmeisteruniform, Ede und drei Feuerwehrleute. Alle gerötet, schmutzig, naß und verrußt. Frau Schulze, etwas blaß, hat sich auf einen Stuhl niedergelassen und wartet ebenfalls. Sie ist sehr nachdenklich und nimmt mehrmals das Kopftuch ab und bindet es neu, nachdem sie das graue Haar in Ordnung gestrichen. – Der Tag der Vorgänge ist der gleiche wie im zweiten Akt, etwa fünf Stunden später.

Die Unterhaltung verstummt plötzlich.

VON WEHRHAHN *kommt im größten Amtseifer. Er hält die Finger der linken Hand ans linke Auge, wie wenn ihn dort etwas schmerzte, setzt sich hinter den Amtstisch, nimmt die*

Hand herunter, zwinkert mit dem Auge schmerzlich und beginnt. Na, wie steht es nu mit die Schweinerei?

LANGHEINRICH, *von Arbeit, Schnaps und Bier merklich animiert.* Ick hätte zu melden, Herr Baron, et is allens janz jänzlich runterjebrannt.

VON WEHRHAHN, *indem er einen Gegenstand, den er mitgebracht hat, vor sich auf den Tisch wirft. Es ist eine Kabinettphotographie in einem Rahmen aus natürlichen Rehpfoten.* Weil ihr alle mitnander Schlafmützen seid! Janz jräßliche Schlafmützen, alle mitnander, wie die janze Jesellschaft jebacken ist. Noch nich janze drei Meilen entfernt von Berlin, da müßte die Sache janz anderen Zuch haben.

EDE, *halblaut zu Doktor Boxer.* Zuch hat et woll eenklich jenug jehat.

LANGHEINRICH. Herr Baron . . .

VON WEHRHAHN. Schon jut. Ich weiß schon Bescheid.

Er zieht das Taschentuch, wischt sich den Schweiß von der Stirn und tupft sich das Auge.

LANGHEINRICH. Herr Baron, ick möchte jehorsamst beanstanden . . . wir haben det Unsre redlich jetan. Wir sind mit de Spritze zur Stelle jewesen.

VON WEHRHAHN. Schafft euch 'ne bessere Spritze an!

LANGHEINRICH. Herr Baron, wenn et aber keen Wasser nich jibt.

VON WEHRHAHN. Bier jab's aber doch!

LANGHEINRICH. — — — — — — —?

EDE. Det Löschen macht Durscht.

VON WEHRHAHN. Das scheint in der Tat so jewesen zu sein. — Glasenapp, woll'n Sie mal bitte nachsehn, ich habe hier was ins Auge jekriegt. *Glasenapp springt auf und untersucht.* Ich hatte jrade die Schulzen verhört, da stürzte der nördliche Jiebel zusammen. Es war wohl'n Funke oder so was. — Apropos, ist die Schulzen nicht hier jewesen?

FRAU SCHULZE. Hier bin ick ja.

GLASENAPP. Jawohl, Herr Baron.

Wehrhahn winkt ab. Glasenapp tritt zurück und verfügt sich an seinen Tisch.

VON WEHRHAHN. Also vorwärts! Es ist mir zu Ohren jekommen . . . die Frau Schulze hat es mir mitjeteilt, vor Ihrer

Werkstelle, Meister Langheinrich, da hat sich ein Vorjang abjespielt. Sie haben den Lümmel also jesehn, unmittelbar ehe das Feuer hochkam, und da hat er 'ne Zündholzschachtel jehabt. Wie war das nu mit die Streichholzjeschichte? Drücken Sie sich mal jefälligst aus.

LANGHEINRICH. Er hat eene Streichholzschachtel jehat. Jawoll!

VON WEHRHAHN. Und die hat er fallen jelassen.

EDE. Und ick habe se uffjehoben. Jawoll.

VON WEHRHAHN. Sie?

EDE. Ja. Als wie icke. Det is se hier. Et sind nich mehr janz alle Hölzken beisamm, ick habe mir mehrmals wat anjeroocht. *Er legt eine Streichholzschachtel auf den Amtstisch.*

VON WEHRHAHN, *von Edes Art unangenehm berührt, nimmt die Schachtel auf und fixiert Ede.* Sie haben wohl tüchtig jeholfen, was?

EDE. Derbe! Sonst macht et ja keenen Spaß.

VON WEHRHAHN. Ich meine, janz besonders beim Biertrinken?

EDE. Det ha ick ooch richtig verstanden. Jawoll.

VON WEHRHAHN. Sie sind wohl sehr spaßhaft aufjelegt?

EDE. Immer fidel und verjnügt, Herr Vorsteher!

VON WEHRHAHN. Das freut mich ja janz außerordentlich. — Sagen Sie mal, sind Sie Doktor Boxer?

DOKTOR BOXER. Ganz recht. Doktor Boxer.

VON WEHRHAHN. Der sind Sie? So, so! Hätte Sie fast nicht wiedererkannt. Ihre Mutter hat hier noch den kleinen Kramladen . . . Ihr Vater war doch der Handelsmann?

DOKTOR BOXER, *absichtlich mißverstehend.* Jawohl, mein Vater war Landwehrmann und erhielt Anno siebzig das eiserne Kreuz.

VON WEHRHAHN. So, so!? Natürlich! Ich weiß ja Bescheid. — Ihre Mutter kam neulich mal zu mir jelaufen und brachte mir mehrere Steine mit. Küchenfenster zerteppert, jlaub' ich. Übermütige Bengels jewesen! Habe natürlich nachjeforscht. Sie wollen sich, hör' ich, hier niederlassen? Es ist 'n sehr juter Arzt hier am Ort! Früherer Stabsarzt! Äußerst tüchtig.

DOKTOR BOXER. Das bezweifle ich keinen Augenblick.

VON WEHRHAHN. Ja, offen jestanden, heutzutage . . . ob das hier jrade Ihr Boden ist?

DOKTOR BOXER. Das kann ich ja alles in Ruhe abwarten.

VON WEHRHAHN. Natürlich! Wir auch. Also fahren Sie fort! Was haben Sie demnach bemerkt, Doktor Boxer?

DOKTOR BOXER. Ja, das mit den Streichhölzern allerdings.

VON WEHRHAHN. Das mit dem Tuten und das mit den Streichhölzern?

DOKTOR BOXER. Gewiß.

VON WEHRHAHN. Wo waren Sie, als das geschah?

DOKTOR BOXER. Ich stand vor der Schmiede bei Meister Langheinrich.

VON WEHRHAHN. Hatten Sie da was Besondres zu tun? Sie brauchen nicht unjeduldig zu werden. Es jeht mich zunächst allerdings nichts an. Ihr sympathisierender Hang zu den Handwerkern ist uns ja auch schon von früher bekannt. Der Junge wird also nun festjesetzt! Ich denke, daß Wachtmeister Tschache ihn festnimmt. Jedenfalls ist er ihm auf der Spur. Er ist auch in Rahnsdorf jesehen worden. Rufen Sie doch mal Sadowa an! *Glasenapp ab durch die Tür in der Rückwand.*

DOKTOR BOXER. Bin ich entlassen, Herr Amtsvorsteher?

VON WEHRHAHN. Bedaure unendlich. Warten Sie ab! – Schulzen! Wo steckt denn Ihr Neffe heut? Ich hab' ihn den janzen Tag nicht jesehn. Weiß keiner, wo Wachtmeister Schulze ist?

EDE, *halblaut.* 'n bißken 'n Steckbrief eens hinterher schicken.

VON WEHRHAHN. Weiß keiner, wo Wachtmeister Schulze ist? Hat jemand schon die Frau Fielitz jesprochen? Oder ist sie noch nicht von Berlin zurück? Jemand soll mal zu Kommerzienrat Reinberg jehn. – *Zu Glasenapp, der wieder eintritt:* Da ist Herr Schmarowski, der Schwiegersohn: der unterbreitet dort heut seine Baupläne. Sag' ihm mal jemand schonend Bescheid!

EDE, *halblaut zu Boxer und Langheinrich.* Ja, det er nich iebern Kirchturm fällt. *Langheinrich und Doktor Boxer haben Mühe, das Lachen zu verbeißen.*

VON WEHRHAHN *bemerkt das.* Finden Sie das vielleicht lächerlich? Ich weiß nicht, weshalb Sie sonst lachen, Langheinrich. Wenn Leute sich redlich bemühn und arbeiten und denn so'n Schrecken über sie kommt, so'ne Prüfung von Jott, kann man hier direkt sagen: da schütze uns Jott vor, da lache ich nicht! – Haben Sie nun den Eindruck jehabt...

ist Ihnen der Bursche so vorjekommen – ich meine, im Hinblick auf den Brand –, als ob es mit ihm nicht janz richtig wäre?

EDE, *halblaut zu Boxer und Langheinrich.* Janz richtig wird et mit dem woll nich sind.

VON WEHRHAHN. War er Ihnen verdächtig? Ja? Oder nicht? Oder ist Ihnen jar der Jedanke jekommen, er habe den Brand vielleicht anjelegt?

DOKTOR BOXER. Nein! Denn ich bin hier zu fremd geworden. Die Verhältnisse hier überwältigen mich.

VON WEHRHAHN. Inwiefern?

DOKTOR BOXER, *scheinbar sehr ernst.* Ich komme aus kleinlichen Zuständen. Auf dem Wasser wird man an Enge gewöhnt. Wie gesagt! Ich kann hier vorerst noch nicht mitsprechen und bitte deshalb um Nachsicht durchaus.

VON WEHRHAHN. Es handelt sich hier um jar keine Zustände. Was hier vorliegt, ist 'n konkreter Fall. Zum Beispiel, hat der Junge jetutet. Was hat das mit Enge und Weite zu tun?

DOKTOR BOXER. Ganz richtig. Es fehlt mir an Überblick. Ich kann mich so plötzlich nicht wieder zurechtfinden. Ich fühle die ganze Wichtigkeit, natürlich, den Ernst der heimischen Zustände, und das macht mich beklommen zunächst, Herr Baron.

VON WEHRHAHN. Er hat doch jetutet, so durch die Hand? Sie haben das Tuten doch auch jehört, Langheinrich?

LANGHEINRICH. Jawoll! Det er feste jetutet hat.

EDE. Wenn eener so feste eens tuten tut, denn tut eener tuten, det tut man ooch hören tun.

VON WEHRHAHN, *zu Langheinrich.* Haben Sie irgend sonst was Verdächtiges bemerkt? Ich meine: direkt bei der Löscharbeit? Ich meine: Momente, die anderswohin deuten, deuten könnten doch jedenfalls? *Langheinrich sinnt nach, schüttelt dann den Kopf.* Ins Innere des Hauses kamen Sie nicht?

LANGHEINRICH. Ick ha bloß'n Blick in de Stube jetan – da kam aber ooch de Decke schon runter. Een Millimeter, denn wär ich jestickt.

VON WEHRHAHN. Das Feuer ist außen anjelegt. Das vermutet auch Wachtmeister Tschache janz richtig. Wahrscheinlich von hinten, vom Ziegenstall. Das stimmt auch mit Ihrer

Aussage, Schulzen! Wo Sie ihn haben ums Haus schleichen sehen! Überm Ziegenstall ist ein Fenster jewesen, und da guckte jewöhnlich Stroh heraus. Ich selber habe das noch so beobachtet. Es ist nach dem Rauchhauptschen Jarten hin. Das Fenster, das hat den Jungen jereizt. Es hat ihn jereizt, weil er's täglich jesehn hat, und nun ist er janz einfach aufs Stalldach hinauf und von da zu der fraglichen Luke jelangt. Höchst anjenehm ist so'ne Nachbarschaft! — Wer kommt denn da über die Straße jeheult?

GLASENAPP *blickt durchs Fenster.* Schuhmacher Fielitz und seine Frau.

VON WEHRHAHN. Was? Ist das Frau Fielitz, die da so jeheult kommt? Zum Steinerweichen ja jradezu!

Frau Fielitz, die man schon von außen laut und stoßweise hat weinen hören, kommt, auf den Gemeindediener gestützt, hinter ihr ihr Mann, der einen großen neuen Regulator sorgfältig im Arme trägt. Fielitz und Frau sind im Sonntagsstaat.

VON WEHRHAHN. Na, Jott noch mal, Fielitzen: Jottvertrauen! Das Jottvertrauen is immer die Hauptsache. Zum Sterben ist die Jeschichte noch nicht. — Holen Sie mal rüber 'n Kognak, Nickel. Nickel! Jehn Sie zu meiner Frau. Erst muß sie mal erst zur Besinnung komm. — Tun Sie mir den Jefallen, Frau Fielitz, und hören Sie auf mit dem Tränenerjuß! Ich will Ihnen das meinswegen ja jlauben. Es ist 'n jehöriger Schicksalsschlag. Sind Ihnen wertvolle Sachen verbrannt? — *Frau Fielitz heult stärker.* Frau Fielitz! Frau Fielitz! Hören Sie auf mich! Bitte, hören Sie mal, wenn ich mit Ihnen rede! Verlieren Sie jefälligst mal nicht den Verstand! Verstehen Sie? Den Kopf nicht verlieren, Fielitzen! Sie sind ja doch sonst 'n verständiges Weib. Na, wenn nicht, denn nicht! *Nickel, der hinausgegangen war, kommt wieder mit Rumflakon und Gläschen.* Man ran mit dem Schnaps. — Ich werde mich lieber an Sie wenden, Fielitz, Sie sind wenigstens, wie ich sehe, jefaßt. Das muß auch 'n Mann sein, verstehn Sie mich. In jeder Lage, es ist, wie's ist. Also, Fielitz, jeben Sie mir mal Bescheid! Ich will Sie mal erstlich das Gleiche fragen: sind Ihnen wertvolle Sachen verbrannt?

FIELITZ; *es gelingt ihm, während er spricht, nur teilweise, einen krampfhaften Weinanfall zu unterdrücken.* Jawoll. Sechs blaue Scheine Papierjeld.

VON WEHRHAHN. Donner und Doria! Is das wahr? Und nich mal natürlich die Nummern jewußt! Kinder, ihr seid janz jehörig leichtsinnig. Vorher bedenken! Das nutzt jetzt nichts. Fielitz, hören Sie? Vorher bedenken! Jetzt fängt der mir auch noch zu heulen an. Verstehen Sie? Bar Jeld jehört in die Bank. Und überhaupt: die janze Jeschichte . . . Man läßt sein Jewese nicht so allein. Man soll sein Jewese nicht so allein lassen, besonders wo so'n Jesindel ist.

FIELITZ. Ick . . . ach . . . wer denkt denn uff so wat, Herr Vorsteher!

VON WEHRHAHN. Lejen Sie doch die Uhr mal weg!

FIELITZ. Ich bin'n friedlicher Mann, Herr Vorsteher. Ick . . . ick . . . ick . . . ick . . . i, du lieber Jott! Det weeß ick nich, wie det jekommen is. Ick stehe jut mit de Leute, ick zanke mir nich. Ick ha Fehler bejang'n in mein Leben. Det kommt, wenn schlechte Jesellschaft is. Aber det se mir deshalb deswejen so mitspiel'n, det ha ick, wahrhaftigen Jott, nich verdient.

FRAU FIELITZ, *weinend.* Fielitz, was hab ich dir immer gesagt! Wer hat nu recht, hä? Wer wird nu woll recht han? Um uns hast du dir keine Feinde gemacht. Das sein ebens sein das ganz andre Geschichten. Der Herr von Wehrhahn wird wissen, warum!

FIELITZ. I, Mutter, schweig stille, det war meine Pflicht.

Ede macht halb im Scherz, halb im Ernst eine Faust hinter Fielitz, über dessen Kopf. Wehrhahn bemerkt es.

VON WEHRHAHN. Sie! Heda! Was haben Sie denn da jemacht? Sie haben doch hinter Fielitz jestanden und ihm überm Kopfe eine Faust jemacht.

EDE. Ick bin vielleicht brustschwach, ick weeß et nich.

VON WEHRHAHN. Hören Sie, ich will Ihnen mal was sagen: Verrückte jehören ins Irrenhaus. Aber wenn Sie sich weiter frech benehmen, so kommen Sie vorher noch ins Loch! Ich habe Sie nicht recht verstanden, Frau Fielitz. Sie deuteten eben etwas an. Haben Sie irgend Verdacht in der Richtung? Ich lasse mich näher darüber nicht aus. Vermuten Sie etwa, wie soll ich sagen, einen quasi politischen Racheakt? Dann dürfen Sie unbedingt nicht zurückhalten. Wir kommen der Sache dann schon auf den Grund.

FRAU FIELITZ. Nee, nee, nee, nee, ich hab keen Verdacht.

Lieber will ich doch betteln gehn uff der Landstraße. Beschuldigen mag ich en Menschen nich. Ich weeß ni. Ich kann mir keen Versch ni druff machen. Ich bleibe dabei. Ich weeß ebens nich. 's war alles verschlossen. Mir gingen fort. 's Küchenfeuer war ausgelöscht, de Platte war kalt. Na, wie is nu gekomm? Ich kann 's ni begreifen. Ich weeß ebens nich. Aber sehn Se, das jetzt hier aso a Kerl und tut hier aso 'ne Anspielung machen! Das kränkt een ja ei de Seele nein.

VON WEHRHAHN. Lassen Sie sich das durchaus nicht anfechten. Wo kämen wir dann alle mitnander wohl hin? Wer heutzutage zur Kirche geht, der hat die janze Welt auf dem Halse. Halten Sie sich nur immer an mich! *Er kramt unter den Papieren.* Übrigens hab' ich da was jerettet. 'n Bildnis von Ihrem verstorbenen Mann. Ich jlaube wenigstens, daß er das sein wird. Es war mit Rehpfoten einjefaßt. *Er entdeckt das Bildnis und reicht es der Fielitzen.* Da!

FRAU FIELITZ *nimmt es, faßt mit einer schnellen Bewegung von Wehrhahns Hand und küßt sie weinend.*

EDE, *ziemlich laut.* Hat eener zufällig keen Stücksken Schwamm bei sich? Et is: det de Strimpe nich Wasser ziehn!

VON WEHRHAHN. Notieren den Burschen, Glasenapp! Raus! Auf der Stelle! Entfernen Sie sich!

Ede mit drolligen Arm- und Beinbewegungen ab. Unterdrücktes Gelächter.

VON WEHRHAHN. Ich muß mich über Sie wundern, Langheinrich. Die richtige Jaljenphysiognomie. So 'n Messerstecher! So 'n Sozialist! Mehrmals wegen Straßenkrawalle jesessen. Sie nehmen so was in Brot und Lohn.

LANGHEINRICH. Det jeht mir nischt an, Herr Amtsvorsteher. Ick mische mir nich in die Politik.

VON WEHRHAHN. So? Wirklich? Das müssen wir mal erst abwarten.

LANGHEINRICH. Wenn eener man jlatt seine Arbeit macht . . .

VON WEHRHAHN. Redensarten! Papperlapapp! Soll einer mir sagen, mit wem er umjeht, dann will ich ihm sagen, wer er ist.

Man hört das Gemurmel und Geschwatze einer Menschenmenge. Wachtmeister Schulze, in voller Gala, tritt ein.

VON WEHRHAHN. Wo sind Sie denn heute jewesen, Schulze?

GENDARM SCHULZE, *einige Sekunden fassungslos, dann:* Zu befehlen! Wir haben den Jungen jefaßt.

VON WEHRHAHN. So. Wer denn?

GENDARM SCHULZE. Ick und Tschache.

VON WEHRHAHN. Wo?

GENDARM SCHULZE. Hier janz in de Nähe, bei de Kirche.

VON WEHRHAHN. Was? Hier bei dem neuen Jotteshaus?

GLASENAPP. Da sitzt er immer und paßt uff de Glocken.

VON WEHRHAHN. Warum haben Sie denn das nicht früher jesagt? Wollte er fortlaufen? Lief er fort?

GENDARM SCHULZE. Er saß im Jraben und merkte uns nich. Tschache konnte bis dichte ran reiten. Und dann haben wir'n jleich beim Wickel jehat.

Er tritt zurück und faßt Gustav mit an, den Tschache hereinführt. Einiges Volk dringt mit herein.

VON WEHRHAHN. Hm! Also da wäre er jedenfalls. Es tut mir jewissermaßen leid! Der Sohn eines weiland preußischen Wachtmeisters. Hat jemand den alten Rauchhaupt verständigt? Es mag ihn mal einer holen jehn.

FRAU SCHULZE. Ick bin bei 'ne Kranke zur Pflege, Herr Vorsteher. Wenn ick vielleicht, det ick nu könnte abkomm . . .

VON WEHRHAHN. Protokollieren Sie, Glasenapp! Nein, Schulzen, vorläufig müssen Sie hierbleiben. Die Sache ist bald jenug abjemacht. – Wollen wir also protokollieren . . . *Er lehnt sich in den Stuhl zurück und blickt, wie um sich für das Diktat zu sammeln, an die Decke.*

LANGHEINRICH, *leise zu Doktor Boxer.* Sehn Se sich man de Fielitzen an, Dokter! Wat? Is se nich quittenjelb jeworn? – Wenn det man nich schief jeht, kann ick Ihn sagen. – *Er zeigt Doktor Boxer, der abwehrende Bewegungen macht, verstohlen etwas in der hohlen Hand.* Woll'n Se wat sehn? Ja? Zündschnur is det.

DOKTOR BOXER, *leise.* Wo ist denn das her?

LANGHEINRICH. Det weeß ick doch nich! Det kann ieberall aus de Welt her sind. Det kann ooch aus Fielitzens Keller sind. Jawoll doch! Jlooben S'et etwa nich? Und wenn ick man wollte schlecht sind, Dokter . . .

VON WEHRHAHN. Privatjespräche jibt es hier nicht.

FRAU FIELITZ *zupft Langheinrich und fragt leise.* Sie han Leontinen heute getroffen? Wo denn?

LANGHEINRICH, *mit triumphierendem Blick auf Gendarm Schulze.* Vorm Woltersdorfer Pusch!

VON WEHRHAHN. Also, Glasenapp ... Schauderhafte Jeschichten. Das ist diesen Herbst der siebente Brand. So was nennt sich nun zivilisierte Jesellschaft! Diese Schwefelbande will Christen sein! Man braucht bloß mal abends auf den Balkon treten, irgendwo ist immer 'n Feuerschein. Ich habe mitunter in klaren Nächten bis fünfe zujleich am Himmel jezählt. Verhöhnung von Richter und Jesetz! Das ist bei den Schuften so einjerissen, als wenn das 'n Sonntagsvergnügen ist. – Aber sachte! Immer Jeduld, meine Herrschaften. Wir kennen die Fährten! Wir haben die Spur! Die Betreffenden werden janz furchtbar erwachen, wenn die Ahndung janz plötzlich mal über sie kommt. Wer etwas von Kriminalistik versteht, der weiß, daß sie langsam und sicher vorjeht und schließlich den Schuldigen sicher packt. – Aber Landrat von Stöckel bemerkte janz richtig: der janze moralische Niederjang, die Verwilderung auf der janzen Linie ist Folge des Mangels an Religion! Jebildete Leute entblöden sich nicht, die jöttlichen Jrundlagen anzutasten, auf denen das Heilsjebäude ruht. Aber Jott sei Dank, wir sind auf dem Posten! Wir sind sozusagen toujours en vedette! – Und dir, Junge, dir sag' ich: Es gibt einen Jott! Verstehst du, es jibt einen Jott im Himmel, vor dem keine Schandtat verborgen ist. Nächstenliebe! Christlicher Geist! Hosen stramm und den Hintern versohlt! Dir wollt' ich das Feuermachen schon austreiben! Lümmel infamer! Taugenichts! Jawohl, Doktor Boxer. Verstehen Sie mich! Sie können jetrost mit den Achseln zucken, das stört mich im allerjeringsten nicht. Sie könnten sogar die Feder erjreifen und öffentlich Zeter und Mordio schrein! Prügel! Ohrfeigen! Christliche Zucht! Und keine Jefühlsduseleien, verstanden? Wir fürchten uns vor dem Buddha nicht!

GUSTAV *ist durch die steigende Erregung des Redners ebenfalls mehr und mehr erregt worden, bis er am Schlusse der Ansprache sich nicht mehr beherrschen kann und in ein lautes, täuschend nachgeahmtes Eselsgeschrei ausbricht.* I! a! a! a! I! a! a! a! – *Betretenheit.*

VON WEHRHAHN, *ebenfalls betreten.* Was bedeutet denn das?

GLASENAPP. Ich weiß wirklich nicht.

LANGHEINRICH. Det is Justavens Kunst, Herr Amtsvorsteher. Vor Tierstimmen nachmachen ist der berühmt!

VON WEHRHAHN. So! Und was hätte denn das wohl sein sollen?

LANGHEINRICH. Det sollte wahrscheinlich 'n Löwe sind.

Lautes Gelächter; von Wehrhahn zuckt mit den Achseln, lacht höhnisch und begibt sich auf seinen Platz. Stille. Dann erneuter Lachausbruch.

VON WEHRHAHN. Ich bitte um Ruhe! Hier wird nicht jelacht! Wir machen für Sie keine faulen Witze. Hier werden für niemand Witze jemacht. Wir verhandeln hier blutig ernste Jeschichten. 'n Zirkusverjnügen ist das hier nicht!

Rauchhaupt tritt ein. Er bleibt stehen und glotzt hilflos um sich.

FRAU FIELITZ *zieht Gendarm Schulze, der, ihr den Rücken zukehrend, nahe bei ihr steht, am Rock, so daß er sich umwendet, und fragt mit kummervollem Gesicht.* Han Sie mei Mädel heute gesehn? *Gendarm Schulze nickt und kehrt sich wieder ab.*

FRAU FIELITZ, *wie vorher.* Sie han Leontine gesehn heute morgen? *Gendarm Schulze nickt wieder und wendet sich ab.*

FRAU FIELITZ, *wie oben.* Wo han Se se denn getroffen, Herr Wachtmeester?

GENDARM SCHULZE, *fast ohne die Lippen zu bewegen.* Das war hinterm Woltersdorfer Pusch.

RAUCHHAUPT, *zu Langheinrich.* Wat is denn hier los, Meester? Wat soll denn hier sind?

VON WEHRHAHN *bemerkt Rauchhaupt.* Sie sind pensionierter preußischer Wachtmeister?

RAUCHHAUPT *hat die Frage überhört.* Kollege Schulze, wat soll denn hier sind?

GENDARM SCHULZE. Der Herr Baron hat dir wat jefragt. Ick kann dir da keene Auskunft nich jeben, det jeht jegen meine Instruktion. Hättst du man mehr uffjepaßt uff den Jungen! Jepredigt hab ick dir det eens jenug.

RAUCHHAUPT. Ick weeß ja nich, wat du jepredigt hast!! So'n oller Ölkopp! Predige man!

GENDARM SCHULZE. Ich bitte zu Protokoll zu vernehmen, det Rauchhaupt mir dienstlich beleidigt hat.

RAUCHHAUPT. Wat? Weil du so'n oller Dussel bist? Da soll ick dir dienstlich beleidigt haben . . .

VON WEHRHAHN. Mann Jottes! Wissen Sie denn, wo Sie sind? Sie kommen wohl eben aus Hinterindien?! Da soll doch das Donnerwetter reinschlagen. Still jestanden! Ordre pariert!

RAUCHHAUPT. Zu Befehl! Ick melde jehorsamst, Herr Vorsteher . . .

VON WEHRHAHN. . . . daß Sie renitent und aufsässig sind! Sie wollen sich unjlücklich machen, mein Bester! Wie lange sind Sie schon außer Dienst?

RAUCHHAUPT. Elf Jahre.

VON WEHRHAHN. Außerdem noch wahrscheinlich Jedächtnis lädiert. Überhaupt so'n Äußeres! Teufel noch mal! So'n Exterieur eines alten Wachtmeisters . . . Ich glaubte, ich hätte ausjelernt.

RAUCHHAUPT. Ick bin . . . Sie werden jehorsamst entschuldigen . . .

VON WEHRHAHN. Nichts wird hier entschuldigt! Verstehn Sie mich? Sie riechen direkt. Sie verpesten die Luft.

RAUCHHAUPT. Is aber bloß Erdjeruch . . .

VON WEHRHAHN. Pferdemist!

RAUCHHAUPT. Denn müßte det sind von de Ananas. *Gelächter.*

VON WEHRHAHN. Kurz: machen Sie möglichst bald, daß Sie fortkommen, sonst, wie gesagt . . . immer fort, fort, fort! Sie haben vermutlich jesehen, was hier vorjeht, und nu haben Sie weiter hier nichts mehr zu tun. Fertig! Hier sind die Papiere, Wachtmeister! Und janz direkt rüber aufs Amtsjericht.

Er übergibt an Schulze Papiere; die Gendarmen rasseln mit den Säbeln, fassen Gustav fester und machen Anstalten, ihn hinauszuführen. Währenddessen glotzt Rauchhaupt in steigender, hilfloser Angst um sich. — Stille. —

DOKTOR BOXER. Ich habe den Eindruck, Herr Amtsvorsteher, der Junge hier ist ein Patient. Verzeihen Sie, daß ich mich doch noch einmische.

LANGHEINRICH. Der Junge is blöde, der is janz verrückt.

FRAU SCHULZE. Nee, nee, Herr Dokter! I nee, Meester Langheinrich, der Junge weeß, wat er machen tut. Ick hatte 'ne Jlucke hatt ick jehat, mit elf junge Hühnerken ausjebrütet, da hat er mir sieben erschmissen von.

GENDARM SCHULZE. I, Tante, und denn ooch die andere Jeschichte, wo er Sie mal dem Täschchen jestohlen hat.

FRAU SCHULZE. Det Täschchen, jawoll, und wat drinne ist. Und hat Ihn det aber ooch so einjefädelt . . . jerißner kann det 'n Jesunder nich!

GENDARM SCHULZE. Und, Tante, denn ooch den Umschlagetuch . . .

FRAU SCHULZE. Nee, nee, und denn mit dem Terzerole. Der Junge is jut und janz bei Verstande. Ick bin eene alte erfahrne Frau.

RAUCHHAUPT. Wat bist du? Wat bist du? 'ne olle Hexe, die een janzet verludertet Maulwerk hat! Du kehre man eens wat vor deine Tür, eh det du von andre so nachreden tust. Wo dir man eens eener uff't Handwerk paßt, mit Kinderkens pflegen und so 'ne Sachen, det de Engel in Himmel nich alle wern! denn mechten woll so 'ne Curessen rauskomm — jawoll —, det du hören und sehen verjißt. — Wat is det? Wat soll hier mit Justaven sind? Ick muß det nu wissen eens, wat det hier is.

VON WEHRHAHN. Maul halten! *Zu den Gendarmen:* Rechtsumkehrt und marsch!

RAUCHHAUPT. Halt, sag ick! I, wo denn, so jeht det nich. Von so wat steht in de Schrift nischt jeschrieben. Ick bin hier der Vater zu dissen Kind. Wat hat er jemacht? Wat soll er jemacht hebb'n? Justav! Wat lejen se dir all zur Last? Ick ha Schleswig-Holstein mitjemacht. Ick bin sechsundsechzig in't Feuer jewesen, ick bin Anno siebzig bin ick blessiert. Hier is mein Been, und hier sind meine Narben. Ick habe dem König von Preißen jedient . . .

VON WEHRHAHN. Sie kommen uns hier mit alten Jeschichten.

RAUCHHAUPT. Mit Jott für König und Vaterland! Aber det hier, det kann ick nu eemal nich zujeben. Ick will wissen, wat det hier mit Justaven is!

VON WEHRHAHN. Mann! Mensch! Jetzt kommen Sie zu Verstande! Ich habe Ihnen das schon mal jesagt. Ich habe in Anbetracht Ihrer Verdienste nun schon jenug durch die Finger jesehn. Jetzt tu' ich ein übriges, jeben Sie acht! Dieses Früchtchen, Ihr Sohn, hat hier Brand jelegt — ist wenigstens dringend der Tat verdächtig. Jetzt treten Sie aus dem Wege weg, und behindern Sie weiter nicht die Beamten! Vorwärts, Schulze!

RAUCHHAUPT. Brand jelegt? Hier? Det? Bei . . . Drieben?

Dort? Bei de Fielitzen? Justav? Det Jungchen? Det Kerlchen hier? I, Jott doch! Da lach ick! Det hier keener lacht! Nanu, Schulze, mache du hier ma keen Unsinn! Ick ha ooch ma blanke Kneppe jehat. – Ju'n Tag ooch, Fielitzen! Na, Fielitz, wie jeht's? Wo wirste dein Rejulator nu uffhäng'n?

FRAU FIELITZ. Nu seht amal, nu verhöhnt der een noch!

RAUCHHAUPT. I, nee doch! Woso denn verhöhn ick dir denn? Det is ja so 'n Unjlück! Hurjott noch, noch mal. De Katzen verrecken uff alle Heubeeden, und de Vögel fallen dod uf de Erde run. Bei so wat, nee, nee, da verhöhn ick dir nich. Ieberhaupt, ick wag mir an manchet ran, ick ha mir an sonne Jungens jemacht, wo von de Kollegen keener recht ranwollte. Der Finger is durchjebissen. Jawoll! Aber eh ick mit eene, wie du bist, anbinde: lieber jleich uff der Stelle häng ick mir uff.

FRAU FIELITZ, *fast grau im Gesicht, mit zitternden Lippen, aber doch in heftiger Erregung und mit ziemlicher Energie.* Was fängt denn der Mann nu uf eemal mit mir an? Was hätt ich denn eegentlich dem Manne getan? Kann ich derfire, wenn das asu kommt? Ich ha nischt gesehn. Ich war ni derbeine. Ich ha niemanden verdächtigt nich. Und wenn se dan Jungen han feste genomm, das ha ich asu wenig wie du gewußt.

RAUCHHAUPT. Fielitzen! Fielitzen! Sieh mir mal an!

FRAU FIELITZ. Tummheeten! Luß mich in Frieden dahier! Luß mich in Frieden und tu dich ni uffspiel'n, ich ha vorher durchzumachen genug. Da sagt een der Dokter, ma soll sich ni uffregen, ma könnt amal weg sein im Augenblick! Und aso a Mann . . . ma weeß ni, wohin legen . . . mir wissen ni, wo mer wern schlafen de Nacht. Ma liegt reen uff der Straße, halb tot und kaputt und . . .

RAUCHHAUPT. Fielitzen! Fielitzen! Kannst du mir ankieken?

FRAU FIELITZ. Luß mich zufrieden und mach dich fort! Ich luß mich von dir aso nich behandeln! Ich kann dich ansehn. Warum denn ni? Ich kann dich drei Tage und Nächte ansehn, und da seh ich bloß, daß du a Esel bist. Wenn das jetze uff da Jungen fällt, wer wird woll da hier am meisten schuld sein? Wie hast du denn ieber den Jungen gered't? Du sprichst: a tut stehlen, a täte gokeln, deine Strohschober hatt' a dir angesteckt, und nu tuste dich wundern, wenn 's dann aso is! Du hast hier da armen Jungen verbleut ... der Junge is zu mir gelofen gekomm, der hat so viele blaue Beulen gehat, daß an den seinem Leibe kee Fleck ni mehr heil war. Und nu tut a uff eemal wie ni recht verrückt!

Von Wehrhahn hat den Gendarmen ein Zeichen gegeben; diese fassen Gustav fester und führen ihn gegen die Tür. Rauchhaupt hat es bemerkt, springt blitzschnell vor Gustav, faßt ihn mit beiden Händen an den Schultern und läßt ihn nicht fort.

RAUCHHAUPT. Is nich! Det jeb ick nich zu, Herr Vorsteher! Mein Justav is keen Verbrecher nich! Ick ha sachte weg janz for mir stille jelebt, und nu bin ick hier in 'ne Maschine jeraten. Da missen man erschtlich Indizien sind! *Zu Langheinrich:* Meester, kann der det jewesen sind? *Langheinrich zuckt mit den Achseln.* Det is hier ja allens verjaunertes Pack, det sind ja ... Justav, weene man nich! Se kenn dir in Jottes Namen nischt anhaben ...

VON WEHRHAHN. Hände weg! Oder ... Hände weg!

RAUCHHAUPT. Ick nehm et uff Diensteid, Herr Amtsvorsteher, det hier ... det mein Junge hier unschuldig is.

VON WEHRHAHN. Tempi passati. Sie machen sich unglücklich. Zum letzten Male: die Hände weg!

RAUCHHAUPT. Denn schlag ick ihm tot uff der Stelle, Herr Vorsteher.

VON WEHRHAHN *tritt dazwischen, trennt Rauchhaupt von seinem Sohn.* Weg hier! Sie rühren den Jungen nicht an! Wagen Sie's! Wachtmeister, ziehen Sie blank!

RAUCHHAUPT, *blaß wie Kalk, in unsinniger Erregung, hat losgelassen und postiert sich vor die Ausgangstür.* Tun Sie mir det nich an, Herr Vorsteher, um Jottes und Christi willen nich. Det is Ehrenpunkt! Ehrenpunkt is det, Herr Vorsteher! Bloß det nich, Herr Vorsteher, tun Se det nich! Ick biete mir an. Ick will ooch Kaution legen. Ick renne und bringe Kaution bring ick. Ick bin jleich wieder hier uff de Stelle, Herr Vorsteher. Ja? Soll ick? Oder jeht det nu nich?

VON WEHRHAHN. Larifari, Sie jehn aus dem Wege!

RAUCHHAUPT. Ick weeß et, wer et jewesen is!

Von Wehrhahn schiebt Rauchhaupt beiseite, und die beiden Gendarmen führen Gustav ab. Rauchhaupt wird von Doktor

Boxer und Langheinrich gleichzeitig gestützt und festgehalten. Er sinkt dumpf in sich zusammen. Stille tritt ein. von Wehrhahn begibt sich wortlos hinter seinen Amtstisch, schneuzt sich, schießt Blicke auf Rauchhaupt und die Wolffen und nimmt dann Platz.

VON WEHRHAHN. Zünden Sie Licht an, Glasenapp! *Glasenapp entzündet eine Lampe auf dem Tisch.*

FRAU FIELITZ. Nee, nee, 's is schon wirklich! Aso a Mann! Der tut ja 's ganze Dorf verdächtigen.

VON WEHRHAHN. Sie da! Schulzen! Scheren Sie sich! *Die Schulzen sehr schnell ab.*

FRAU FIELITZ. Ich mecht amal fragen, Herr Amtsvorsteher... Mir wissen noch gar nee, wohin heute nacht.

VON WEHRHAHN. Sie schlafen wohl, Fielitz?

FIELITZ, *von seiner Uhr aufschreckend.* I nee, Herr Baron.

VON WEHRHAHN. Ich dachte, weil Sie den Kopf so gesenkt halten.

FIELITZ, *mit kindischer Blödigkeit.* Ick ha mir bloß ma die Zeijer besehn.

VON WEHRHAHN, *zur Fielitzen.* Sie wollen jehen?

FRAU FIELITZ. Wenn's mechte aso weit sein ... Ich kann kaum mehr uff meinen zwee Beenen stehn.

VON WEHRHAHN. Das glaub' ich. Wann standen Sie auf heut nacht?

FRAU FIELITZ. — —?

FIELITZ. Wir sind jejen achte erst uffjestanden.

VON WEHRHAHN. Kriechen Se immer so spät aus dem Bett?

FRAU FIELITZ. I, nee doch, der Mann is heut ganz verwirrt. Mir sein um a fimfe schon uffgestanden. Um a fimfe stehn mir ja immer uff!

VON WEHRHAHN. Nun, Fielitzen, jehn Sie nach Hause jetzt! Es sollte mir leid tun jewissermaßen ... Indes die Jerechtigkeit jeht ihren Jang. Die Sonne bringt alles an den Tag. Verbrecher nehmen ein schreckliches Ende! Der ewige Richter verjißt sie nicht. Und Sie! Bejeben Sie sich nach Hause! Jehn Sie nach Hause, und warten Sie ab! Ich will heute beide Augen mal zudrücken, Ihr Vaterjefühl hat Sie sinnlos jemacht.

RAUCHHAUPT *tritt vor.* Ick hätte jehorsamst zu melden, Herr Vorsteher ...

VON WEHRHAHN. Jehn Sie! Jehn Sie! Was wollen Sie noch? Machen Sie nicht wieder Faxen, mein Bester!

RAUCHHAUPT, *nun dicht vor der Fielitzen.* Jott is mein Zeuge! Ick decke dir uff!

VIERTER AKT

Das Giebelzimmer in der Schmiede bei Langheinrich. Links zwei kleine Fenster mit Gardinen. An dem einen ein Lehnstuhl, auf dem Frau Fielitz sitzt. Sie hat das Aussehen einer Schwerkranken. – An dem zweiten Fenster eine Nähmaschine und ein Stuhl davor, über dem ein Kleiderrock hängt, an dem gearbeitet worden ist. Auf der Maschine selbst liegt eine Bluse. Eine Tür in der Hinterwand führt zur Dachkammer. Links von ihr brauner Kachelofen, rechts von ihr gelbpolierter Kleiderschrank. In der rechten Wand ist ebenfalls eine Tür; diese führt auf den Flur. An der gleichen Wand befindet sich ein gemachtes Bett und weiter vorn eine gelbe Kommode. Über der Kommode hängt ein Regulator. Schuster Fielitz, auf der Kommode stehend, und zwar in Strümpfen, zieht den Regulator auf. Der Schuster ist in Hemdsärmeln, sehr sauber geschniegelt, in Sonntagshose und Sonntagsweste. – In der Mitte des Zimmers ein Ausziehtisch. Eine Hängelampe darüber. Um den Tisch vier gelbe Stühle, ein fünfter Stuhl steht am Bett. Schmied Langheinrich und Ede, in Arbeitstracht, sind am Tische beschäftigt. Langheinrich hält einen eisernen Turmhahn, den Ede mit roter Ölfarbe anstreicht.

Ede und Langheinrich brechen in ein lautes Gelächter aus.

FIELITZ, *der während des Lachens die Uhr aufgezogen hat.* Hier hat wieder eener dran rumjepuhlt.

LANGHEINRICH. Jawoll ooch! Det wird ooch andersch nich sind. Paß du man 'n bißken besser uff!

Erneutes Lachen.

FIELITZ. Ick sage bloß, wenn ick een mal erwische! Mir kommt's uff 'ne Handvoll Noten nich an.

LANGHEINRICH. Feste! Det is ooch! Is, wer't is! Ick jloobe, det is Leontine jewesen.

FRAU FIELITZ. Das Mädel kommt an die Uhr doch ni ran.

LANGHEINRICH. Na, na!

FIELITZ. Det jibt ma 'n Unjlück, verstanden! Bei so wat bespaße ick mir nich mit.

EDE. Det muß doch ooch noch in den Laden rin.

LANGHEINRICH. Immerzu doch! Det ha ick doch immer jesagt! Der Eckladen wird nu bald fertig sind, und denn hat er keen Rejulator zum Rinhäng'n. Und denn kann er nich uffmachen sein Jeschäft!

FIELITZ. Schwefelbande! Verjaunertes Pack! Lacht man! Ihr kennt jejen mich nich uffkomm.

LANGHEINRICH. I, keen Jedanke! Det jeht ooch nich. Wieviel haste denn Abschlüsse schon jemacht? Ick meene, von wejen de Lieferung. Et muß doch 'n Ding wat uff Lager sind!

FRAU FIELITZ. Laßt Ihr ock da Mann zufrieden, Meester!

FIELITZ. Jeh du man in meine Kammer rin, denn kannste sehn Briefe und Abschlüsse liejen. Janze Pakete und Stöße voll!

EDE *guckt in die Kammer*. Ick seh nischt.

LANGHEINRICH. Reiß man de Diehlen uff: da liejen de Briefschaften rinjefuttert. Jeschäftsjeheimnis muß eenmal sind!

FIELITZ. Ooch noch muß det sind! So 'n Kiekindewelt! Lernt ihr erscht ma schreiben und lesen, verstanden, eh ihr euch mang meine Jeschäfte mischt.

FRAU FIELITZ. Nee, Fielitz, luß se doch! Ärger dich nich! Der Meester muß sich doch immer bespaßen. Ohne dem geht's bei dem Manne doch nich.

LANGHEINRICH. Frau Meestern, ick bin ooch fidel heut, jawoll. Et is 'n Stück Arbeet fertig jeworn. Und wenn ick nich von de Turmspitze falle, dann bejieß ick mir heute noch schauderhaft.

FRAU FIELITZ. Woll'n Se das Ding dorte selber nuffstecken?

LANGHEINRICH. I, janz natierlich! Warum denn nich? Schmarowski hat ihm jezeechnet, Mutter, ick ha ihm jeschmiedet und bring ihm ooch ruff.

Leontine kommt herein.

LEONTINE. Det laß man Schmarowski alleene machen.

EDE. Vor wat Kippliges furcht sich Schmarowski doch nich.

LANGHEINRICH. Nee! Det wird woll wirklich uff Ehre ooch

wahr sind. Der furcht sich vor Jott und vorm Deiwel nich. Det kleene Männeken, kann ick Ihn sagen . . . dajegen is Blücher 'n Waisenkind.

FIELITZ. Ick will mir ma wat erkundigen, Meester: wer hat denn dem neuen Hause jebaut?

LANGHEINRICH. Na, wer denn?

FIELITZ. Ick! Und Schmarowski nich.

EDE. Na, jewiß doch! Natierlich, Meester Fielitz.

FIELITZ. Vom Jrundsteen bis oben! Ick, immer ick. Mein Jrund, mein Sand, meine Steene, mein Jeld! De janze Versicherung rinjebuttert. Fragt Muttern, ob det nich so richtig is. — *Lachen.*

FRAU FIELITZ. Na Jes's, Fielitz, luß doch das ale Gemurkse! Uff solche Geschichten kommt's doch nich an.

FIELITZ. Jrade! Ick wer det beweisen, Mutter. Ick will die det klarmachen, wer ick bin. Paßt ma uff, wo ick wer meine Rede halten!

FRAU FIELITZ. Schmarowski sagt, es wird ni gered't.

FIELITZ. Ick lasse mir aber det Maul nich verbieten, von dir nich und von Schmarowski nich. *Fielitz ab in die Kammer.*

LANGHEINRICH. Mutter, passen Sie man eens uff, det nich noch een Radau eens beim Essen wird. Et heeßt so schon, et woll'n welche Skandal machen! Besser, 'n bißken vorsichtig sind.

FRAU FIELITZ. Ihr braucht bloß a bissel uff 'n uffpassen. Glei tüchtig zu trinken vo Anfang an. Ich kann da Mann heut ni zurickehalt'n. Beim Richtfest will a nu eemal sein.

LANGHEINRICH. Schmarowski hat jestern Kloppe jekriegt.

EDE. Jestern abend, jawoll, nach de Volksversammlung.

FRAU FIELITZ. A wird awing haben zu hitzig gered't.

LANGHEINRICH. Wenn Se wieder wat brauchen! Det wird ooch so sind. Det kleene Aas hat jered't, Mutter Fielitz: de janze Versammlung hat bravo jeschrien. 'n Blatt hat der nich vor 'n Mund nich jenomm.

FRAU FIELITZ. A mißte ni gar aso hitzig sein, denk ich.

LANGHEINRICH. Feste! Jrade! Warum ooch nich? Wat haste, wat kannste! Man immer druff! Die janze Jesellschaft verdient det nich besser. Wehrhahn nich und Friderici nich. Und ieberhaupt: det is jut, Mutter Fielitzen. Det war jrade der richtige Momangaugenblick! Nu hat er eens janz mit die Brüder jebrochen. Nu weeß et 'n jeder. Nu jibt's keen Zurück. Nu is er janz unser Mann, Mutter Fielitz! Ick hätte det dem jar nich zujetraut.

FRAU FIELITZ. Ihr könnt woll o mit 'n zufrieden sein, Meester, wo jetzt so a Sums ei d'r Werkstelle is. Vier Gesellen . . .

LANGHEINRICH. Det is ooch! Det streit ick ooch nich. Er hat wat Jeld mang de Leute jebracht. Mit Paster Friderici sein Klingelbeutel, da wußt ick mir nich zu stell'n all. Et jing nich! Nu jeht et uff eemal. Jewiß. Nu paßt mal Achtung zum Fenster raus, Mutter, wenn ick wer janz oben droben sein. Ick winke und schrei, und denn – spring ick ab!

Langheinrich und Ede ab mit dem Turmhahn. Kurzes Stillschweigen.

FRAU FIELITZ. Ob Rauchhaupt heute o wieder kommt?

LEONTINE. Nee, Mutter, ick weeß nich, wat ängst d'r denn immer? So 'n oller Dämel wie Rauchhaupt is. Denn laß er doch kommen, soviel er will, und quasseln! Wenn der ooch quasselt, Mutter. Uff det kind'sche Gequassel horcht keener nich!

FRAU FIELITZ. A soll wieder haben sehr rumgered't.

LEONTINE. I, laß ihm! Ick ha ooch Briefe jekriegt. Det is ooch wieder so eener, Mutter. *Sie wirft einen Brief im Kuvert hin.* Da mach ick mir aber weiter nischt draus. Ieberhaupt det is bloß der Bahnaxistente.

FRAU FIELITZ. Das kennte ooch Wachtmeester Schulze sein.

LEONTINE. Ooch Hilfslehrer Lehnert, warum nich am Ende!

FRAU FIELITZ. Nu, luß se! Die Kerle sein eifersüchtig und neid'sch uf Schmarowski sein neues Haus! Se mechten uns gern was am Zeuge flicken. Aber nee! Aso eenfach geht das nu nich.

LEONTINE *hat ein paar Tritte genäht.* Sieh mal, Mama, det ha ick gefunden!

FRAU FIELITZ. Immer mach, mach, mach! Versäum dich jetzt nich! Das Kleed muß um zwee fertig sein. Adelheid hat schon wieder riebergeschickt! – Heechstens geh amal in a Keller runter und hol die paar Flaschen Wein amal ruf, daß mer dann, wenn se komm, und mer kenn amal anstoßen. Ma sieht's: se wern balde han fertig gericht.

LEONTINE. Det is hier der Meestern ihr Gradehalter.

FRAU FIELITZ. Das is o a armes Weib gewest: geschnallt und

geschniert und zusammengerissen, und hat doch a Puckel ni weggekriegt.

LEONTINE. Wat braucht' se denn aber so putzsichtig sind?

FRAU FIELITZ. I, ginn der de Ruhe! Die hat se verdient.

LEONTINE. Et heeßt ja, se kloppt in de Bodenkammer, wo Meester Langheinrichs Schlafstelle is.

FRAU FIELITZ. O luß se! Luß se! Red weiter nich! A hat se wohl o ernt ni wenig geschunden, trotz daß'n a so viel hat eingebracht. Die hat immer mußt weiter nähn und verdien . . . Kee Wunder, wenn die keene Ruhe ni hat.

LEONTINE. Wer heeßt se denn Meester Langheinrich heiraten?

FRAU FIELITZ. I, luß ock die alten Sachen jetzt! Vo alten Sachen will ich nischt wissen. Ich ha a Kopp ohne das voll genug. Ich weeß ieberhaupt ni, was mit mir is. Ma sieht ohne das schon manchmal Gespenster.

LEONTINE. Det heeßt, wenn er mir so betrügen tut . . .

FRAU FIELITZ. Der Meester? Laß 'n ruhig gehn! In der Sache taugen se alle nischt. Wenn da sellde eener drunter sein, uff den in der Sache und daß a Verlaß wär . . . da mißt ich gar wieder was Neies lern. Hauptsache is: immer bleib uff'm Posten. Der Mann is ni beese. A meent's ganz gut. Sei spars'm! Du weeßt, wie genau daß a is! Und halt'n sei bissel Gelumpe zusamm! Und halt'n sei kleenes Mäderle gutt. A hat ja ooch gegen dein Jung'n nischt. *Fielitz, im Bratenrock, wieder aus der Kammer.* So kannste doch nich zu dam Essen gehn! Komm her, ich wer d'r da Knopp awing fest machen.

FIELITZ. Det is woll nich meglich! Verstauch dir man nich!

FRAU FIELITZ *hält mit der Linken seinen Hosenrand und fängt vom Stuhl aus an zu nähen.* Was kann ma derfire, wenn eens ni meh so fortkann?! Ma bekimmert sich sonst woll genung um dich.

FIELITZ. Verjangne Zeiten! Liije man nich! Ick bin wie so'n oller Stiebelknecht. Mir habt ihr eens janz in de Ecke jeschmissen. — Hast du mein Rejulator jerückt?

LEONTINE. Jawoll! Ihn pickt et. *Ab.*

FIELITZ. Warte du man!

FRAU FIELITZ. Der Meester hat sich doch bloß bespaßt, Fielitz!

FIELITZ. Ick will euch noch alle wat zeijen, Mutter, wo ick jetzt uff'n Trichter jekomm bin. Ick nehm et noch heut mit jed'n uff.

FRAU FIELITZ. Nu freilich, das ist doch o selbstverständlich.

FIELITZ. Warte du man in zwee Jahren ma ab, wer wird mehr Jeld in Sacke verdient hebben: Schmarowski, Langheinrich oder ich!

FRAU FIELITZ. Was hast'n du immer mit Meester Langheinrich? A hat uns im Hause hier uffgenommen . . .

FIELITZ. Jawoll ooch, det is, weil er knitschig is und weil det er will hohe Miete schlucken.

FRAU FIELITZ. Sei du ock froh, daß der Meester so is!

FIELITZ. Von wejen det bißken Zindschnurjeschichte? Immerzu, Mutter, kriech ihm man sonste wohin!

FRAU FIELITZ. Was ist'n das fer 'ne Geschichte gewest?

FIELITZ. I, die Jeschichte! Wat soll et denn sind? Wo Dokter Boxer ooch hat von jesprochen.

FRAU FIELITZ. Ich kenne doch deine Geschichten ni.

FIELITZ. Mutter, ick ha'n jutes Jewissen!

FRAU FIELITZ. Geh ock und laß dich verglasen dermitte!

FIELITZ. Mutter, ick sage for jetzt weiter nischt . . .

FRAU FIELITZ. Tummheeten!

FIELITZ. Jut!

FRAU FIELITZ. Schmarowski war hier. Wie is denn das nu mit der Hypotheke?

FIELITZ. Det er meine uff vierte Stelle drückt?

FRAU FIELITZ. Das weeß ma: aso a Bau tut Geld kosten.

FIELITZ. Schmarowski verbaut sich.

FRAU FIELITZ. Tummheet!

FIELITZ. Jawoll! Weil det in dem drin wie'ne Krankheet steckt.

FRAU FIELITZ. Hauptsache, da biste nu einverstanden?

FIELITZ. Jott bewahre, det due ick nich! Wo ick früher bin Komzarius jewest, und ha ick subtilste Sachen behandelt, und Wehrhahn hat mir jekloppt, jawoll, und hat sich jefreit, wo ick schlau bin jewesen . . . I nee, Mutter! So blau bin ick nich. Ick rechne! Ick kann mit de Feder fort! Ick bin 'n halber Av'kate, Mutter. Der Jründling überjaunert mir nich!

Schmarowski, sehr geschäftig, kommt herein. Er trägt sich

verändert: heller Sommerüberzieher, elegantes Hütchen und Stöckchen. Eine Rolle mit Baurissen trägt er in der Hand.

SCHMAROWSKI. Ju'n Morgen, Frau Fielitz! Wie jeht's Ihnen denn? Das bißken Erkältung jut überstanden?

FRAU FIELITZ. Ich dank scheen. Es geht ja! Nehm Se ock Platz!

SCHMAROWSKI. Jawohl. Das werd' ich. Das hab' ich verdient. Seit morgens vier Uhr auf den Beinen! Weiß Jott, wie ich immer noch kraxeln kann.

FIELITZ. Ju'n Morgen. Ick bin nämlich ooch noch da!

SCHMAROWSKI. Ju'n Morgen, ich hatte Sie gar nich bemerkt. Ich habe den Kopf so voll in den Tagen . . .

FIELITZ. Ick ooch.

SCHMAROWSKI. Natürlich. Bezweifle ich nich. Haben Sie etwa was mit mir zu reden? Dann bitte gefälligst!

FIELITZ. In Augenblick nich! In Augenblick bin ick andersch beschäftigt. Ick muß bei een Herrn uff'n Bahnhof jehn. Von wejen de russischen Jummischuhe. Später! Jawoll ooch! In Augenblick nich. *Stolziert aufgeregt ab.*

SCHMAROWSKI. Der Schuster macht uns janz lächerlich. In allen Kneipen soll er sich aufspiel'n. Und neulich ist 'ne Jeschichte passiert, draußen, im Wartesaal zweiter Klasse. Da hat er sich nämlich einjedrängt und hat die blödsinnigsten Reden jehalten, nich weit vom Hon'ratiorentisch. Von Fabriken, und was er sich sonst wollte anlegen.

FRAU FIELITZ. Der Mann is Ihn reene wie übergeschnappt.

SCHMAROWSKI. Also Ihn jeht's jut?

FRAU FIELITZ. So leidlich, jawoll. Ock bloß kann ich das Hämmern ni recht mehr vertragen. Wenn ma ock erscht aus dam Hause hier wär!

SCHMAROWSKI. Jeduld! Bloß um Jottes willen Jeduld! Es is ja so weit janz leidlich jejangen; bloß jetzt nich noch drängeln! Immer Jeduld. Mir liegt selber daran, daß wir fertig sind. Aber hexen kann ich nu leider nich. Ich bin froh, daß der Dachstuhl nu oben ist. Ich weiß, was mir das hat für Schmalz jekost – und außerdem immer diese Jeschichten. *Er zeigt ihr eine Anzahl aufgeschnittener Briefe.* Alle natürlich anonym! Die allerjemeinsten Invektiven: auf Fielitz, auf Sie und natürlich auf mich.

FRAU FIELITZ. Ich weeß gar ni, was die Leute woll'n. Wer a

Schaden hat, braucht fer a Spott nich zu sorgen. Das is eemal! Anderscher is das nich. Se han uns doch hing'n und vorn verhört. Dreimal ha ich mußt uffs Gerichte laufen. Wenn an der Sache was dran wär gewest, das wern se woll haben ooch rausgebracht!

SCHMAROWSKI. Darüber will ich mich weiter nich auslassen. Das is Ihre Sache, das geht mich nichts an. Was mich betrifft, hab' ich's den Leuten gezeigt. Wenn eener mir will von de Frackschöße schütteln, dem reiße ich 'n janzen Frack kaputt. Det soll sich Paster Friderici merken, dem hab ick zuviel in de Karte jesehn. – Um nu mit der Türe ins Haus zu fallen, weil ich doch, wie Sie sehn, auf'm Sprunge bin: die Sache wird jut: aber Jeld! Jeld! Jeld!

FRAU FIELITZ. Fielitz will ni.

SCHMAROWSKI. Herr Fielitz muß!

FRAU FIELITZ. A tut sich da Eckladen immer noch einbilden. Kenn Se'n kee Löchel ni reservieren?

SCHMAROWSKI. I, Zahler! Zahler! Das kann ich nich. Wo käm' ich da hin, wenn ich so wollte anfang'n? Dazu haben Sie wohl selber jenug Verstand. Nee. Davon steht in de Schrift nischt jeschrieben. Von so wat kann jar nich de Rede sein. – Es kommt'n Bankier mit zum Essen dann, und, Frau Fielitz, dem muß ich bestimmten Bescheid sagen. Also nu, daß die Sache ins reine kommt. Sonst ... wenn ich nu etwa noch sitzenbleibe ...

FRAU FIELITZ. Ich wer's schon machen! Lussen S' es ock!

SCHMAROWSKI. Jut. Also nu is noch 'ne andre Sache. Haben Se mal wieder von Rauchhaupt jehört?

FRAU FIELITZ. Ja. Daß a noch immer's Maul ni will halten und daß a uns ieberall ausrichten tut. Das is wie mit Wehrhahn, dieselbe Geschichte. Ich ha Rauchhaupten immer ock Guttes getan. Und nu kummt a und kummt a Tag fer Tag und tut een mit alen Geschichten krank machen, wo doch all's aus a Fingern gesogen is! Womeeglich ... nu ja, wer weeß! So a Mann ... a kann aso lange womeeglich machen, bis, bis noch zuletzte ... das wär aso was!

SCHMAROWSKI. Keine Angst, Frau Fielitz! Sie jehn nich weiter, nu die Sache im Sande verlaufen is. – Übrigens treten die Zimmerleute zusamm: ich muß rüber und meine paar Worte abhaspeln. Kurz also: wenn Rauchhaupt mal wiederkommt, denn kenn Sie ihm mal so'n bißken aushorchen. Es ist nämlich 'ne neue Kiste im Jang. Soziale Sache! Riesenjeschäft! Natürlich bin ich bei mittenmang, wie ich jetzt eben überall mittenmang bin. Wir möchten an Rauchhauptens Grundstück ran ... Er hat noch damals spottbillig jekauft, und wenn wir das janz, nich jeteilt, in de Hand kriejen, denn springt 'ne Million und mehr bei raus.

FRAU FIELITZ. Hier hab ich ooch noch zwee Sparkassenbücher.

SCHMAROWSKI. Danke schön! Kommen mir mächtig zupaß. Man kann sich manchmal nich lumpen lassen ...

FRAU FIELITZ. 's Mädel kommt! Schnell in de Tasche damit! *Schmarowski steckt hastig die Bücher ein, nickt der Fielitzen zu und geht schnell ab. Frau Fielitz erhebt sich halb vom Stuhle und guckt gespannt durchs Fenster.* Wenn se ock heut nich noch an extra Teps machen! 's stehn ja dort mächtig viel Leute rum. – *Leontine kommt mit drei Weinflaschen und Gläsern.*

LEONTINE. Mama! Mama! A is wieder unten. Der dämliche Rauchhaupt is wieder da.

FRAU FIELITZ, *erschreckend.* Wer?

LEONTINE. Rauchhaupt! Er kommt gleich hinter mir her. *Sie stellt Flaschen und Gläser auf den Tisch.*

FRAU FIELITZ, *entschlossen.* Mag a! Vor meinswegen soll a rufkomm. Ich wern amal de Wahrheet sagen. – *Rauchhaupt guckt zur Tür herein.*

RAUCHHAUPT. Stör ick, Frau Meestern?

FRAU FIELITZ. Mich stört'r nich.

RAUCHHAUPT. Stör ick sonst een Menschen, Meestern?

FRAU FIELITZ. Das kann ich ni wissen. Das kummt druff an.

RAUCHHAUPT *tritt ein. Er erscheint nicht ganz so verwahrlost wie früher.* Jut Freund! Ick jratuliere, Meestern! Ick will wieder mal nach'm Rechten sehn.

FRAU FIELITZ, *gezwungen heiter.* Sie han ebens immer an Richer, Rauchhaupt.

RAUCHHAUPT *glotzt sie an, sagt mit Betonung.* Immerzu doch! Hab ick ooch! Janz jewiß. – Ick hab eben ooch Dokter Boxer jetroffen. Er will ooch jleich dann zu Sie oben komm! Und hab ihm um eene Sache jefragt.

FRAU FIELITZ. Um was fer an Sache?

RAUCHHAUPT. Von dazumal. Da soll er zu Langheinrich eens wat jesagt hebb'n, oder Langheinrich hat et zu ihm jesagt.

FRAU FIELITZ. Um eure Geschichten bekimmer ich mich ni. Leontine! Geh und hole a Stick Wurscht, daß se an Happenpappen finden, wenn se hernach dann noch rieberkomm.

RAUCHHAUPT. De Welt jeht weiter.

FRAU FIELITZ. Und ob! Asu is 's!

LEONTINE. Soll ick nich jetzt lieber hierbleiben, Mutter?

RAUCHHAUPT. Jeh und koof seidne Strimpe in!

FRAU FIELITZ. Was heeßt'n das?

RAUCHHAUPT. I, weiter heeßt det nischt. Ick denke, det die ooch 'ne Jräfin is. Se hat doch bei Mutter Boxern jestanden — Adelheid, wat die Schmarowskin is! — in Laden und hat mit die Olle jeschachert um een schüttjelbseidnen Unterrock. Det is doch 'ne jroße Jräfin, Frau Meestern, und hat doch ooch rotseidne Strimpe jehat.

LEONTINE. Bei unsereen langt et uff Baumwolle nich. *Ab.*

FRAU FIELITZ. Was wern se ock Adelheid alles noch nachred'n!?

RAUCHHAUPT. Det is gar keen Nachreden, det is, wie 't is! Hat neulich der Kutscher all Bier abjelad't, eenfachet Bier, bei de Kehrwiedern drieben — de Kehrwiedern, wo hier de Waschfrau is. Wird jrade die Jräfin sind anjerauscht. Det macht se! Denn tut se de Näse hochziehn — bewahre Jott! hoffärtig kann det nich sind —, und denn hat se de Kehrwiedern eens jefragt: ob arme Leute ooch täten Bier trinken.

FRAU FIELITZ. Nee, kommt mir ock mit dam Klatsch und Tratsch.

RAUCHHAUPT. Ja, wat ick Sie wollte fragen, Frau Meestern: ick ha nämlich 'ne neue Fährte jefaßt.

FRAU FIELITZ. Was denn für eene Fährte, Rauchhaupt?

RAUCHHAUPT. Silentium, heeßt det! Vorsichtig sind. Ick kann nischt sagen. Mehr weeß ick nich. Als det ick janz kunstjerecht vigiliert hebbe. Et sind ooch Tedektiven in Jang. Ick bin ooch all wieder bei Wehrhahn jewesen, und der hat mir eens mächtig zu zujered't.

FRAU FIELITZ, *strickend.* Jemersch, Wehrhahn! Der wird o's Kraut fett machen. Das kost doch bloß immer alles Ihr Jeld.

RAUCHHAUPT, *ganz nahe, mit blutunterlaufenen Augen, gefährlich.* Frau Meestern, wo wir nu sind hinter jekomm, da bring ick Ihn allens janz joldklar an't Licht. Det kleenste Jeheimnis wird uffjestöbert. Ooch der Staatsanwalt hat wieder de Ohren jespitzt! *Er zieht Kreise mit Stock und Fuß langsam und bedrohlich wie Schlingen immer enger um Frau Fielitz.* Erst heeßt et: janz jroße Kreise gemacht, denn immer, Frau Meestern, enger jezogen, und denn sitzen se in de Schlinge all. — Ick meene: de Jauner, die Brand jelegt hebb'n. Natierlich, Meestern, meen ick Ihn nich.

FRAU FIELITZ. Ich tät halt die Sache nu bald amal ruhn lass'n. Rauskommt doch ein ganzes Leben nischt!

RAUCHHAUPT. Wieviel paré, Meestern? Abjemacht!

FRAU FIELITZ. Is in der Erschte nischt raus ni gekomm . . .

RAUCHHAUPT. Wieviel paré, Meestern? Schlagen Se in! Hier muß eener bei bloß jeduldig sind. Sie hatten doch Justaven rieberbeordert, uff elfen, Meestern, mit Sämerei'n. Nu is de Schulzen vorüberjejang'n an Ihre Haustüre is se, Frau Meestern! Ick lasse die Nase nich von de Spur.

FRAU FIELITZ. Nu will ich Ihn aber was sagen, Rauchhaupt: um Ihre Nase bekümmr ich mich nich! Aber, sag ich Ihn, wenn das nich uffhörn tut und Sie immer und ewig um uns dahier rumschniffeln . . . wahrhaftig, mir reißt amal die Geduld.

RAUCHHAUPT. Tun Se mir doch verklagen, Frau Meestern.

FRAU FIELITZ. Meinswegen sagt's eem direkt uff a Kupp! Da wird ma schon wissen, mit was ma Euch antwort. Aber stänkert ni bei der Schulzen rum! Ich ha das Frovulk hier rausgeschmissen. Se kommt hierher und red't m'r was uff. Leontine soll zu'ner rieberkomm. Wenn das ooch'm Wachtmeester Schulze tät recht sein. Aso eene is mei Mädel ni! Nu tut een die ale Hexe ausrichten! Frieher da hat se Ihn ausgericht! — Ich weeß ni: Ihr tut hier an ewigen Sums machen! Was is denn dem Jungen, hä, Schlimmes passiert? A is versorgt! A is untergebracht! A hat seine Pflege, sei scheenes Essen!

RAUCHHAUPT. Nee, nee, von die Sache vertröst ick mir nich. Det laß ick nich uff mir sitzen, Meestern! Uff mir nich und uff mein Justav nich. Det is nich. Det wurcht mir! Ick kann det nich nachlass'n. Det hat mir zehn Jahre Leben jekost. Ick weeß et! Ick weeß, wat ick habe jelitten, und wo ick mir habe dran uffjeknippt. Niemals, in janzen Leben noch nich.

Wer det jewesen is, wer ick schon ufftreiben! Det weeß ick, det ha ick mir vorjenomm.

FRAU FIELITZ. Nu jemersch, jemersch, warum denn ni!? Da macht ock! Da murkst ock! Was geht's mich denn an?! Ich wer mich hier immer aso lassen uffregen, wo das mir der Dokter verboten hat. Ich . . .

RAUCHHAUPT. Meestern, det weeß keener nich, wat det is. Ick weeß et. Ick bin zu Hause jeloofen, ick ha nich de Hand vor Augen jesehn. Ick ha nischt von Jott und de Welt nischt jewußt, und hat's mir de Plautze zusammenjerissen: ick ha bloß eens man immer nach Luft jejappt. Und denn lag ick – jawoll! – wie'n Toter in't Bett. Mit Tücher jerieben! Mit Bürschten jebürscht! Mit Kamfer jespritzt, und all so'ne Sachen. Denn bin ick in't Leben zurückjekomm!

FRAU FIELITZ. Wieviel hundert Mal han Sie das schonn erzählt, Rauchhaupt! Das weeß ich, daß Sie sein verrückt geworn. Nu, was denn? Ich ha eben's o Haare gelassen! Mich hat die Geschichte o Marks gekost. – Wer is von uns beeden denn schlimmer dran? Sie oder ich? Das mecht ich bloß wissen. Sie sein gesund, und wie sehn Sie heut aus! Und ich? Was bin ich? Und wie tu ich heut aussehn? Nu also, was wollt'r denn eegentlich noch? – Ich ha sogar schon mei Begräbnis getraumt! Nu seht 'rsch, wo fehlt's denn? I wer bald genung Platz machen. Bei mir lohnt sich das Hetzen erscht weiter nich. 's is wahr! – Sie sein schon a närr'scher Kerl, Rauchhaupt. Und aso verdreht . . . das gloobt eener nich. Erscht han Sie da Jung'n immer woll'n los sein . . .

RAUCHHAUPT. Frau Meestern, Sie kenn Justaven nich! Wat der Junge, wo ick ihn ha bei mir jehat . . . und jut mit Kindern und all so wat! Und singt Ihn! Und hat Jedanken in Koppe! Und wie er all neulich is durchjebrennt – det is er, von Dalldorf uff Tegel, Frau Meestern, denn hat er sich vor de Kirche jesetzt, wo er immer tut so uff de Jlocken abwarten, und hat wieder stockstille uff't Läuten jepaßt. Da soll'n Se den Jungen ma sehn bei, Meestern, wo det ieber sein Jesichte spielt. Det is wat! Er kann et bloß all nich so ausquetschen, wo unsereener det ausquetschen tut.

FRAU FIELITZ. Ich ha gar an Jungen verloren, Rauchhaupt! Jawoll! und das ist mein bester gewest. Na sehn S'es! Sie kenn mich immer druf ansehn. Mei Leben, das is ooch kee Spaß nich gewest. – Immer sehn Se mich amal richtig an! Wer weeß, verging Ihn de Lust verleichte, wo Ihn doch schon amal de Lust is vergang'n.

RAUCHHAUPT. Frau Meestern, ick bin 'n verträglicher Mensch, aber det . . . Ick bin verträglich, Meestern. Ick bin ooch nich jern Polizist gewest, aber . . .

FRAU FIELITZ. Ja doch! Nee doch! Wer weeß d'nn das nich! Ebens drum! Und nu sein Se der schlimmste vo all'n! – Derhingerher wie a bissiger Hund. Sie sein doch a herzensguder Mann, Rauchhaupt! Fer das hat Ihn doch jedes Kind gekennt. Nu Jeses, ihr Leute, was ist'n hä das!? – Se kenn amol dorte de Flasche uffmachen! Warum soll'n mir kee Treppel ni trinken mitsamm! *Rauchhaupt wischt sich die Augen und geht dann, um den Korken aus der Flasche zu ziehen.* Die Kampelei kann ja hernach wieder losgehn. Anderscher is das im Leben ni! – Ma kann's ni ändern: an Tummheet is. Aber wenn ma a Leuten de Augen will uffkneppen: is ni! Tummheet regiert de Welt. Was sein mir: Sie, ich und mir alle zusamm? Mir han uns mußt schinden und schuften durchs Leben, eener so gutt wie der andere dahier. Nu etwa! Also! Mir wern woll Bescheed wissen. Wer ni mitmacht, is faul, wer de mitmacht, is schlecht. Ma hullt doch bloß all's aus'm Dreck raus. Unsereens muß jeden Dreck doch anfassen! Da heeßt's immer: gutt sein. Wie fängt ma's ock an? Aber nee, wo wern mir denn Frieden machen! Uffbegehrt ha ich, das is wahr. Nu ganz natierlich ooch! Ma will ebens aus dam Matsche rauskomm, wo mir alle uns rumbeißen tun mitsamm . . . Raus, fort! – Meinswegen ooch hicher nuff . . . Is wahr, daß Se woll'n vo hier fortziehn, Rauchhaupt?

RAUCHHAUPT. Frau Meestern, ick ha det in Sinne jehat. Warum, det weeß Doktor Boxer und ick. *Er stöhnt tief auf.* Et is nich alleene von die Jeschichte, det ick will näher bei Justaven sind, i nee! Mir is nich mehr wohl in die Jejend, mir sieht hier jetzt 'n jeder so eijen an. *Die Flasche ist aufgezogen, er hat zwei Gläser vollgeschenkt.*

FRAU FIELITZ. Noch was! Was gehn uns die Leute an!

RAUCHHAUPT. Nee, nee! Wo eener so wat jemacht hat . . . det is ooch . . .! Wo eener so weit is jewest, det er sich – als

Beamter! – 'n Strick hat jenomm, und det er sich ... Meestern, ick weeß et nich! Ick weeß et nich, det ick det soll jemacht hebb'n! Aber losjeschnitten hebben se mir. *Er trinkt.*

FRAU FIELITZ. Is wirklich wahr, was ma dadrieber hören tut?

RAUCHHAUPT. Sehn S'et, et is mang de Leut jekomm. Und det ... als Beamter! – wo ick det betrachte, det wäscht mich keen Wind und keen Rejen nich ab. *Er trinkt.*

FRAU FIELITZ. Ich sprech, mir stoßen halt doch amal an! Ich tu mich ooch nich um de Leute bekimmern, wenn Se aber mal verkoofen woll'n – wer weeß! ... Ich wer mit Schmarowskin reden, am Ende täten Se einig werden. *Doktor Boxer, Ede und Leontine kommen.*

DOKTOR BOXER. Das geht ja recht lustig hier zu, Frau Fielitz.

FRAU FIELITZ. Heute! Ganz ausnahmsweise! Jawoll!

EDE. Junge Frau! Woll'n Se wat sehn, junge Frau? Meester Langheinrich tanzt uff de Frontspitze.

FRAU FIELITZ *erhebt sich mit Anstrengung und blickt hinaus.*

LEONTINE. Ick kann so wat jar nich sehn, Mama.

EDE. Laß er fallen! Der fällt uff de Füße. Der Meester is ooch all von't Katzenjeschlecht.

DOKTOR BOXER, *humoristisch drohend und halblaut zu Rauchhaupt.* Nich immer mir meine Patienten aufregen! Da kann ich ja doktern auf Deubel komm' raus!

FRAU FIELITZ. I, luss'n S'en ganz geruhig, dan Mann! Uffgehetzt is er, ha'n de Leute. Der is suster der beste Mensch von der Welt.

DOKTOR BOXER. Na alsdann! Und sonst! Wie geht's uns, Frau Meistern?

FRAU FIELITZ. Ganz gutt. Ock ebens – *zeigt auf die Brust* – hier is was geknaxt. Nu, wenn ooch! Amal muß a jeder abkratzen. Ich ha ja derwegen an Weile gelebt.

DOKTOR BOXER. Nich so viel reden! Länger den Mund halten. *Zu Rauchhaupt:* Übrigens hab' ich 'n Auftrag für Sie. Herr Schmarowski hat Sie hier reingehn sehn, und da hat er mich eben angehalten: Sie möchten doch dann zu dem Essen kommen!

FRAU FIELITZ. Rauchhaupt, nu freilich! Warum denn nich?

RAUCHHAUPT. Ick will et ooch noch nich verreden, Frau Meestern.

FRAU FIELITZ. Und Sie, Herr Dokter?

DOKTOR BOXER, *schnell.* Gott bewahre! Ich nicht.

FRAU FIELITZ. Warum ni? Tun S'en etwa was nachtrag'n?

DOKTOR BOXER. Höchstens, daß er den Ort so verschandelt hat mit dieser elendigen fünfstöckigen Mietskaserne. Sonst — nachtragen? Nachtragen kann ich nicht. Aber sehn Sie: ich bin 'n verlorner Mann. Ich leugne ja nicht, daß die Chosen mir Spaß machen. Aber mittun — nee! Das lerne ich nicht. Ich gehe wahrscheinlich auch wieder fort.

FRAU FIELITZ. Und so ane scheene Praxis uffgeben?

DOKTOR BOXER. Seefahren! Das macht den Menschen gesund. Das ist die beste Praxis, Frau Fielitz, wenn einer sonst nicht sehr praktisch ist.

FRAU FIELITZ. Sie sein o ni praktisch!

DOKTOR BOXER. Das bin ich auch nicht. — Na, hör'n Sie mal, wie sie da wieder Lärm machen! *Vielstimmige Hochrufe.* Wieder mal Riesenbegeisterung! Sie werden Schmarowski gleich auf den Schild heben. Eben war es schon nahe dran! *Ein großes, begeistertes Durcheinander hochrufender Stimmen von außen.* Na, sehn Sie wohl? So was erhebt doch das Herz!

LEONTINE. Mutter, seh doch mal, wen se dort hoch heben! De Arbeeter heben een uff!

FRAU FIELITZ. Wen denn? *Krampfhaft sich erhebend und hinausstarrend.*

LEONTINE. Siehste nich, wer det is?

RAUCHHAUPT. Schmarowski.

EDE. Det is, wie 't is. Ick ha dem Kerlchen nich riechen jemocht. Aber nu . . . nee . . . wo er vernünftig is und so for jesunde Ideen tut instehn: keene Willkür und Polizeijewalt, denn . . . denn . . . nu laß ick ihm ooch mit hochleben all!

DOKTOR BOXER. Na, Ede! Aber natürlich! Gewiß!

Fielitz kommt sehr erregt herein.

FIELITZ. Ick . . . ick . . . ick . . . ick . . ., ick bin et jewesen! — Immer schreit ihr, schreit ihr! Dem heben se uff. Aber nee, so 'ne Reden halte ick nich! Charakter! Jewissen! Det is de Hauptsache. Jawoll! Ick habe bezahlt und jebaut. Aber wenn mir ooch Wehrhahn hat fallen jelassen — von jute Jesinnung lasse ick nich! Ordnung muß sind! Moral muß sind! Ick bleibe monarchisch bis uff de Knochen! Um diese Triumphe beneid ick dir nich!

DOKTOR BOXER. Pst! Fielitz! Kommen Sie mal hier ans Licht! Ich will mir mal Ihre Augen betrachten. Bewegt sich denn Ihre Pupille nicht?!

FRAU FIELITZ *atmet kurz und krampfhaft auf, wirft die Hände, wie vor Freude, in die Luft und ruft, halb selig, halb erschrocken ausatmend.* Julian!

LEONTINE. Mama! Mama!

EDE. Die is injeschlafen.

LEONTINE, *hilfesuchend zum Doktor.* Mutter jreift ja so mit de Arme rum?

DOKTOR BOXER. Wer? Wo denn? Frau Fielitz?

LEONTINE. Sehn Se mal an!

EDE, *lachend.* Se will woll Spatzen fang'n in de Luft?

Doktor Boxer hat sich von Fielitz ab- und Frau Fielitz zugewandt.

DOKTOR BOXER. Frau Fielitz!

Fielitz geht anteillos im Hintergrunde erregt auf und ab. Rauchhaupt beobachtet gespannt die Vorgänge draußen durchs Fenster.

LEONTINE. Ick weeß nich, Mutter will jar nich antwort'n.

RAUCHHAUPT. Ick jloobe, die woll'n woll jar rieberkomm!

DOKTOR BOXER. Was ist denn, Frau Fielitz? Was haben Sie denn? Was machen Sie denn immer so mit den Händen?

FRAU FIELITZ *greift in eigentümlicher Weise mit beiden Händen hoch über sich.* Ma langt ... Ma langt ... Ma langt immer so.

DOKTOR BOXER. Nach was denn?

FRAU FIELITZ, *wie vorher.* Ma langt ... ma langt nach was.

Die Arme fallen ihr herunter, sie schweigt.

LEONTINE, *zu Doktor Boxer.* Se schläft?

DOKTOR BOXER, *ernst.* Jawohl, sie ist eingeschlafen. Aber halten Sie jetzt mal die Leute zurück!

RAUCHHAUPT. Die janze Bande kommt rieberjetepst.

DOKTOR BOXER, *heftig.* Zurückhalten! Ede! Schleunigst zurückhalten! – *Ede ab.*

LEONTINE. Herr Dokter, was is denn mit Mutter passiert?

DOKTOR BOXER. Ihre Mutter ist ...

LEONTINE. Was denn?

DOKTOR BOXER, *mit Betonung.* . . . ist eingeschlafen.

LEONTINE *bekommt einen grauenvollen Gesichtsausdruck, will schreien; der Doktor packt sie energisch, hält ihr die Hand vor den Mund, und sie gewinnt Fassung.* Herr Dokter, se hat doch noch eben jered't . . .?

DOKTOR BOXER *zieht Leontine sanft am Handgelenk näher mit der Linken und legt seine Rechte auf die Stirn der toten Fielitzen.* Na gut! Von jetzt ab schweigt sie sich aus.

Im Hintergrund steht Fielitz, ohne Interesse für den Vorgang, und betrachtet seine Augen scharf und vertieft in einem Handspiegel.

NACHWORT

VON

KURT LOTHAR TANK

»Wir haben det Unsre redlich jetan. Wir sind mit de Spritze zur Stelle jewesen«, sagte Schmiedemeister Dalibor aus Kagel in der Mark Brandenburg im Sommer 1937 zu Walter Requardt. Berthold Dalibor, Urbild des dreißigjährigen Schmiedemeisters Langheinrich in Gerhart Hauptmanns Tragikomödie »Der rote Hahn«, kopierte hier gleichsam die Bühnenfigur, wiederholte textgetreu Sätze vom Anfang des dritten Aktes. Meister Dalibor war zu der Zeit, als Requardt ihn besuchte, um Material für eine Dissertation*) zu sammeln, schon 75 Jahre alt. Aber er war noch rüstig, und munter berichtete er von den seltsamen Dingen, die sich in den Jahren 1891 bis 1896 in dem Nachbardorf Kienbaum abgespielt hatten. Ein Haus nach dem andern brannte ab und wurde auf Kosten der Versicherung neu und schöner aufgebaut. Gemunkelt wurde viel. Es gab auch Gerichtsverhandlungen. Aufgeklärt wurde nichts. »Sehn Se«, sagte der alte Herr Dalibor zu Walter Requardt, »det alles hab ick mal nebenan in jenem Kreis von Dichtern und Künstlern erzählt, als auch Gerhart Hauptmann dabei war, der stille zuhörte und nur mitunter dazwischen fragte. Und da hat mir mein Nachbar später jesagt: Nu wunder dir nich, wenn de nächstens mal uff de Bühne erscheinst.«

Der Nachbar, von dem hier die Rede ist, war Moritz Heimann, Lektor des S. Fischer Verlags, ein heut fast vergessener Essayist und Erzähler. Er hätte hinzufügen können: Es erscheinen noch mehr Menschen aus Kagel im »Roten Hahn«, vielleicht erkennen Sie auch mich oder doch ein

*) Walter Requardt: »Erkner im Leben und Werk Gerhart Hauptmanns unter besonderer Berücksichtigung der Novelle ›Fasching‹«, Dissertation Hamburg 1955.

paar Eigentümlichkeiten von mir in der Figur des Arztes Dr. Boxer. – Aber ist es wirklich denkbar, daß sich Moritz Heimann so geäußert hat? Wer den Charakter des selbstlosen Mannes genauer kennt, wird die Frage verneinen. Willy Haas bezeichnet Heimann, der auch ein Drama um den französischen Publizisten Armand Carrel geschrieben hat, als einen der größten und feinsten Aphoristiker in deutscher Sprache. Haas rühmt vor allem den Menschen Heimann, »den langjährigen literarischen Verlagsleiter, Berater und Architekten des großen S. Fischer Verlags, den Förderer und Entdecker unzähliger junger Dichter und Schriftsteller«. Moritz Heimann wohnte viele Jahre lang in dem abgelegenen märkischen Dorf Kagel, östlich von Grünheide. Dort besuchten ihn seine Freunde, die Autoren. Zuweilen war auch sein Schwager Gerhart Hauptmann bei ihm zu Gast (Heimann hatte eine Schwester Margarete Marschalks, der zweiten Frau Gerhart Hauptmanns, geheiratet). Dort also hörte der Dichter, der 1889 im nahen Erkner sein erstes soziales Drama »Vor Sonnenaufgang« geschrieben hatte, die Geschichte von den geheimnisvollen Bränden. Und sofort stellte sich wohl in seinem Geiste eine Verbindung her zu den Gestalten seiner in Erkner spielenden Diebskomödie »Der Biberpelz«. Wie das im einzelnen geschah, wird sich wohl kaum genau rekonstruieren lassen, aber die Schlüsse ergeben sich von innen her zwingend und beinahe von selbst.

»Der rote Hahn« spielt wie »Der Biberpelz« laut Regieanweisung »irgendwo um Berlin«. Requardt meint, Hauptmann habe die Handlung von Kienbaum, wo der eigentliche Schauplatz war, nach Kagel verlegt, dessen Bewohner er genau kannte. Bruno Fischer, der wie Requardt eingehende und zuverlässige Studien zum Werk Hauptmanns in Erkner und Umgebung betrieben hat, begründet recht einleuchtend, warum der Ort des Geschehens in beiden Stücken Erkner sein müsse: Hauptgestalt des »Roten Hahns« sei wiederum die Mutter Wolffen. »Es deutet in der Tragikomödie nichts darauf hin, daß sie den Ort ihrer früheren Taten verlassen und mit einem anderen vertauscht habe. Ihr zweiter Mann, der Flickschuster Fielitz, wird bereits im ›Biberpelz‹ erwähnt. Auch er wohnt ja wie die Familie Wolff ›irgendwo um Berlin‹, also in Erkner. Besonders die Gestalt des Amtsvorstehers von

Wehrhahn bestätigt es wohl, daß der Schauplatz derselbe geblieben ist; denn warum auch sollte er seinen Amtssitz in ein verhältnismäßig kleines Dorf verlegt haben! Das Umgekehrte ist doch wohl der Fall gewesen. Der Dichter verlegte die Brände, die in dem Dorf Kienbaum gewütet hatten, nach Erkner; ebenso wurde die Kageler Dorfschmiede dorthin versetzt. Auch deutet die ganze Atmosphäre des sich breitmachenden Streber- und Spekulantentums auf einen aufstrebenden Ort an der Peripherie Berlins hin.«

Bruno Fischer führt weitere Tatsachen als Beweis dafür an, daß die Tragikomödie »Der rote Hahn« in Erkner spielt: Wehrhahn sagt einmal stolz zu den Fielitzens, daß »das Jotteshaus, das wir jemeinsam jebaut haben«, schon manchen Segen gebracht hat, und er demonstriert an diesem Beispiel, wie gut es tut, »wenn Kirche und Pastor am Ort ist« — eben das könne sich nur auf Erkner beziehen, das 1897 mit der Erbauung der Genezareth-Kirche selbständige Kirchengemeinde geworden war. Wegen seiner Verdienste um den Kirchenbau hatte Oskar von Buße, das Urbild des Herrn von Wehrhahn, am 24. Oktober 1897 in Anwesenheit der Kaiserin Auguste Victoria den Königlichen Kronenorden 4. Klasse erhalten. Auf dieses Ereignis bezieht sich Langheinrichs humorvoll-höhnische Feststellung: »Seit der Wehrhahn den Piepmatz im Knopploch hat, denn haben die Jlocken anfangen zu läuten und täten nich läuten, i, denn hätte der ooch keen Piepmatz nich.«

Details dieser Art sind aufschlußreich. Sie sollten allerdings nicht zu falschen Folgerungen über den dichterischen Schaffensprozeß verführen. Gerhart Hauptmann war ein ebenso genauer wie souveräner Beobachter. Sehr schön hat das Moritz Heimann herausgearbeitet. In seinen »Prosaischen Schriften«, die 1918 in drei Bänden erschienen sind, findet sich ein Essay mit dem Titel »Ein Dichter — ein Seher / Gerhart Hauptmann zu Ehren«. Heimann rühmt darin »den Blick« des Dichters, seine geniale Begabung, in einer Dramenszene den psychologisch bedeutsamen Moment genau zu erfassen, durch die ineinander übergehende Darstellung der einzelnen Phasen jedes Detail in seiner künstlerischen Funktion zu nutzen und so jeder Gestalt und damit zugleich dem Gesamtwerk einen hohen Symbolwert zu geben. Heimann führt zum Beweise dafür die Szene aus dem »Biberpelz« an, in der Doktor Fleischer der Frau Wolff vom Diebstahl des Pelzmantels im Hause des Rentiers Krüger erzählen will. Sehr eindringlich macht Heimann klar, daß die Diebsmutter, »als das Wort vom Biberpelz droht, ihres Atems nicht gewiß ist und sich erst in Rhythmus wirtschaften muß, ehe sie, ohne die Farbe zu ändern, von der Sache hören kann«. Heimann fährt fort: »Der Dichter, gefragt, ob er diesen Zug vorher analytisch aufgefaßt und mit dem vollen Wissen darum angebracht habe, schüttelte, mit etwas erstauntem Blick, den Kopf und sagte, dergleichen sei nicht schwer zu treffen, wofern man nur die ganze Situation recht vor Augen habe. Ein einfaches Rezept!« fügt der Kritiker hinzu, »zu einfach, als daß man damit in die Apotheke laufen könnte, es muß einer schon dafür geboren sein.«

Man muß also von der Einzelszene, der Kernzelle ausgehen, von ihrer elementaren Dramaturgie. Die erste Szene, der erste Akt spielt in der Werkstatt des Schusters und Polizeispions Fielitz. Aber nicht er ist die treibende Kraft. Fielitz wehrt sich dagegen, Werkzeug, Handlanger zu werden in den Händen der Frau, die er geheiratet hat: der alten Diebsmutter Wolff. In dieser ersten Szene wird aber sofort noch etwas anderes deutlich: die gerissen-lebenskräftige Person, die wir als fleißige Waschfrau mit flinkem Mundwerk im »Biberpelz« kennengelernt haben, ist nicht mehr ganz die alte. Ihre Kräfte lassen nach. Die nun bald sechzigjährige, abgearbeitete rheumakranke Frau spürt das und bäumt sich dagegen auf. Sie will noch einmal ins Werk setzen, was ihr so oft geglückt ist: eine Aktion, die ohne große Anstrengung Geld einbringt. Im Gesetzbuch wird der Coup, den sie plant, mit bösen Worten bezeichnet: Brandstiftung, Versicherungsbetrug. Frau Fielitz benutzt diese Begriffe nicht. Warum, so fragt sie sich und ihren Mann, soll uns nicht glücken, was anderen Leuten der Gemeinde gelungen ist?

Schon in diesem Ansatz, in dieser Überlegung zeigt sich eine Schwäche, die wir früher an der individuell arbeitenden Diebin nicht wahrgenommen haben: sie reiht sich ein in das Kollektiv einer von getarntem Gangstertum durchsetzten Kleinbürgerschicht. Um ihren Mann zu wirksamer Mitwirkung bei der geplanten Brandstiftung zu bringen, genügen ihre alten Tricks, die zwar weniger frisch und überzeugend herauskommen als vor mehr als zehn Jahren im Rehbockhandel mit dem Schiffer Wulkow oder in den Disputen mit dem zweimal bestohlenen Rentier Krüger — Frau Fielitz verläßt sich jetzt mehr auf die Mechanik ihrer Überrumpelungsmanöver, ihre vitale Verführungskraft ist verbraucht. Zugleich aber weiß sie: Um mit den neuen, brutaleren Kräften der von Wirtschaftskämpfen bestimmten Zeit konkurrieren zu können, um ihnen gewachsen zu sein, bedarf es stärkerer Anstrengungen, eines skrupellosen Verbündeten. Frau Fielitz glaubt ihn in ihrem Schwiegersohn, dem Mann ihrer jüngsten Tochter Adelheid, in dem Bauführer und schmierig-gerissenen Spekulanten Schmarowski gefunden zu haben. Mit diesem Schmarowski, dem am Ende auch Frau Fielitz zum Opfer fällt, tritt ein neuer, härterer Typ in Hauptmanns Tragikomödie. Er erinnert schon an einen jener satirisch gezeichneten bürgerlichen Heldensöhne, wie sie Carl Sternheim in seinen Komödien aus dem Proletariat zu Wirtschaftsführern des Kapitalismus aufsteigen läßt.

Souverän beherrscht Gerhart Hauptmann, wie Benno von Wiese am Beispiel der Tragikomödie »Die Ratten« gezeigt hat, das Gestaltungsmittel der Ironie. Deutlich wird das bereits auf den ersten Seiten des »Roten Hahns«, als Herr von Wehrhahn in die Werkstatt von Fielitz kommt, um seine neuen Maßstiefel abzuholen. Der »horndumme«, vor Arroganz fast blinde Amtsvorsteher verkörpert eine im Grunde ohnmächtige Oberschicht, die nicht weiß oder nicht wissen will, von welchen hilfswilligen Kräften der Korruption sie bereits unterwandert ist. Hauptmanns hintergründige Ironie verbirgt sich in den so humorvoll und naturecht klingenden Sätzen des Herrn von Wehrhahn:

»Schmarowski is'n jediej'ner Mensch. Um Schmarowski is mir nie bange jewesen. Da hat Ihre Adelheid Jlück jemacht! Sehn Sie, ich hab's Ihnen damals jesagt! Sie kamen doch damals zu mir jelaufen, als die Sache beinahe in die Brüche jing, und ich hab' Sie an Pastor Friderici jewiesen: da können Sie sehn, was Seelsorje is. 'n junger Mann is'n junger Mann, und wenn er sich christlich und ord'ntlich hält, deswejen kann er sich auch mal verjessen. Naturjemäß jreift dann der Seelsorjer ein.«

Der Seelsorger selbst aber ist korrupt. Die Obrigkeit bedient sich der Bestechlichen, sie deckt das Unrecht, um an der Macht zu bleiben, ja man könnte von einer gleichsam aus dem Unbewußten aufsteigenden, ebenso komischen wie tragischen und alles durchdringenden Verderbnis, einer Selbstzersetzung der Gesellschaft sprechen. Was später in den Bühnenstücken von Sternheim und Brecht bis hin zu Max Frisch (»Biedermann und die Brandstifter«) und Friedrich Dürrenmatt (»Frank V., Oper einer Privatbank«) in einer die Gesellschaft endlich selbstaufhebenden gesellschaftskritischen Dialektik entwickelt wird, ist bereits im »Biberpelz«, vor allem aber im »Roten Hahn« angelegt. In beiden Bühnenwerken wird das Unrecht, das aus dem Unrechtsgrund der Gesellschaft hervorgeht, nicht »gesühnt«; es kann nicht gesühnt werden, da Gerhart Hauptmann keiner Instanz der Gesellschaft seiner Zeit das Recht zusprechen konnte, Recht zu sprechen. In diesem Zusammenhang ist die Bearbeitung, die Brecht mit seinen Helfern des »Berliner Ensembles« 1950/51 dem »Biberpelz« und dem »Roten Hahn« angedeihen ließ, sehr bezeichnend*). Brecht strich die Figur des Dr. Boxer und mit ihm den ganzen zweiten Akt des »Roten Hahns«. Er setzte den Liberalismus des Dr. Fleischer gegen die radikaleren Forderungen der Arbeiterbewegung ab und gab der Figur damit, wie er selbst schrieb, »einen leise komischen Anstrich«. Brecht zog die zweimal vier Akte auf je drei Akte zusammen. Er verschärfte die Sozialkritik unter marxistischem Aspekt. Aus der noch positiv zu verstehenden Heldin des ersten Teils, der Diebsmutter Wolffen, wird im zweiten Teil die fast nur noch negativ zu deutende Figur der Frau Fielitz. Verstärkt wird diese Tendenz dadurch, daß Brecht aus dem bei Hauptmann ohnmächtigen Polizisten Rauchhaupt den proletarisch selbstbewußten Arbeiter Rauert macht, einen klassenbewußten Sozialdemokraten, der in der vorletzten Szene zum Richter über die im Bunde mit der korrupten Oberschicht stehende Brandstifterin wird. Bei der Uraufführung der Bearbeitung spielte Therese Giehse die Rolle der Frau Wolff-Fielitz. Brecht schrieb darüber: »Die Wolffen, die von ihrer allgemeinen Beliebtheit gelebt hat...

*) Frau Margarete Hauptmann lehnte diese »verballhornte Fassung« scharf ab und untersagte weitere Aufführungen.

stirbt an ihrer Unbeliebtheit. Der Tod der Wolffen erregt wenig Mitleid. Die Giehse erreicht das dadurch, daß sie die Brandstifterin Mitleid mit sich selbst empfinden läßt. Das ›Ma langt... Ma langt nach was!‹ der Sterbenden klingt hohl.« Was bei Brecht hohl klingt, klingt bei Hauptmann erschütternd. Wohl sah er das Unrecht, das seine Frau Fielitz vor allem durch die Denunziation eines unschuldigen, geistesschwachen Jungen begeht, mit aller Schärfe. Vor allem aber sah Gerhart Hauptmann das auch durch Gesellschaftsreformen und Revolutionen nicht zu beseitigende Elend der menschlichen Existenz. Die Wolffen lügt und sie sucht Schleichwege, sie stiehlt und sie begeht Verbrechen. Aber alle Lügen, Schleichwege und Verbrechen helfen ihr nicht aus dem Elend, sie treiben sie nur tiefer ins Ausweglose. Man ziehe ab, was auch noch in ihrem letzten Lebensresümee an Verstellung steckt, es bleibt genug des unheilbaren, des unaufhebbaren Jammers:

»Tummheet regiert de Welt. Was sein mir: Sie, ich und mir alle zusammen? Mir han uns mußt schinden und schuften durchs Leben, eener so gutt wie der andre dahier. Nu etwa! Also! Mir wern woll Bescheed wissen. Wer ni mitmacht, is faul, wer de mitmacht, is schlecht... Wie fängt ma's ock an? Aber nee, wo wern mir denn Frieden machen! Uffbegehrt ha ich, das is wahr. Nu ganz natierlich ooch! Ma will ebens aus dam Matsche rauskomm, wo mir alle uns rumbeißen tun mitsamm... Raus, fort! – Meinswegen ooch hicher nuff...«

Aber wo ist ein Ausweg? Ein Weg ins Höhere? Der Tod zieht einen Schlußstrich unter das Rechenexempel, das im Diesseits nicht aufgeht. Verschlossen bleibt für die erschöpfte, ausgelaugte Frau Fielitz der andere Weg, den Dr. Boxer, der seefahrende Arzt, nun wählen wird: nicht-mitmachen, nichtschuldigwerden, fortgehen. Zurück bleibt eine moralisch morsche, mit sich selbst zufriedene, untergangsreife Welt. Gerhart Hauptmann hat mit wachen, geschärften Sinnen die Veränderung im Klima seiner Epoche wahrgenommen. Er hat Zeitstücke geschrieben, die historische Dramen geworden sind, wobei die in ihnen steckende Geschichte im Sinne Dostojewskys als Lehre von der Zukunft betrachtet werden kann. Die Diebskomödie »Der Biberpelz« spielt Ende der achtziger Jahre, die Tragikomödie »Der rote Hahn«

um die Jahrhundertwende. Um diese Zeit schrieb der Dichter in einem (undatierten) Brief an seine erste Frau Marie: »Ich habe den ›Rothen Hahn!‹ so ziemlich fertig. Es ist ein etwas grausiges, krasses Stück, aber ich halte was davon.« Grausig und kraß ist die Tragikomödie in der Tat. Man kommt ihr nicht bei, wenn man sie nur als ein Fortsetzungsstück betrachtet. Sie ist ein eigenständiges Werk von hohem Rang, mit eigenen Menschengewächsen, bunt, pfiffig-boshaft, durchtrieben und gemein, aber auch von humoriger, großartig-gelassener Lebenskraft, ein Stück aus dem bis dahin so noch niemals dargestellten Untergrund der Gesellschaft. Alfred Kerr hat das sofort erfaßt. Er schrieb in seiner Kritik, der noch heute besten dramaturgischen Analyse des Bühnenwerkes, die am 1. Januar 1902 veröffentlicht wurde: »Der erste Teil, Biberpelz, gibt Zustände in der Familie Wolff; der zweite die Entwicklung aus diesen Zuständen. Der erste warf einen Rehbock ab, zwei Kubikmeter Holz, einen Pelz; der zweite Teil wirft eine soziale Erhebung ab.« Kerr sagt weiter: »Die Weber waren das Revolutionsdrama; hier ist das Evolutionsdrama.« Bedauernd registriert der zeitgenössische Kritiker am Ende, »daß auf uns alle die Wirkung dieser bedeutsamen Tragikomödie gering war«. Er fügt hinzu: »Es steht mir fest, daß sie es nicht immer sein muß.«
Es könnte sein, daß nun, nach mehr als sechzig Jahren, die Zeit für den »Roten Hahn« gekommen ist. Vielleicht wird sich nach einer einzigen, wirklich überzeugenden Inszenierung dieses Stückes ereignen, was sich nach dem ersten Weltkrieg mit dem »Florian Geyer« und kurz nach dem Ende des zweiten Weltkriegs mit der Berliner Tragikomödie »Die Ratten« ereignet hat: ein plötzliches Verständnis für die hintergründige Dämonie und die verborgene Prophetie dieses Stückes, das tief hineinleuchtet in Abgründe der Menschennatur. Hauptmanns Tragikomödie zeigt, humorvoll, grausig und grell, einen Kampf im Untergrund der Gesellschaft. Die Idealisten richten nichts aus: weder Dr. Boxer, der Menschenfreund, noch der nach Gerechtigkeit trachtende Polizist Rauchhaupt, der plötzlich unter einem Anruf seines Gewissens ethisch handeln möchte, können die sich fortsetzende Korrumpierung aufhalten. Im Bunde mit der Obrigkeit setzt sich die alles niederwalzende Untergrundbewegung schäbig-

ster Profitgier fort. Es ist eine sehr harte Tragikomödie, die Gerhart Hauptmann in der sogenannten guten alten Zeit um 1900 geschrieben hat. Frau Fielitz gehört samt den ihr sehr ähnlichen Ortsgenossen keineswegs zu den sympathischen Typen der Epoche. Sie besitzt bereits viel von der Mentalität, die dreißig Jahre später der Agitator Hitler ansprach, deren er sich bediente, um seine Herrschaft der Inhumanität aufzurichten. Und doch ist Frau Fielitz, die arbeitsame und im Grunde gutmütige Frau, noch nicht die schlimmste. Sie gerät unter die Räder. Am Ende triumphiert Schmarowski, der Bauführer einer durch menschliche Regungen und Gewissenskonflikte nicht mehr belasteten Wohlstandsgesellschaft. Mit einigem Recht behauptet der Schweizer Friedrich Dürrenmatt, daß nur noch mit den Mitteln der Komödie (oder der Tragikomödie) dem heutigen Menschen beizukommen sei. Er bevölkert seine Stücke mit Typen, die zuweilen wie Überlebende aus Bühnenwerken Gerhart Hauptmanns und Carl Sternheims oder wie ins Heutige versetzte Spießer aus den Romanen Heinrich Manns anmuten. Es gibt nur noch Henker, Henkersknechte und ohnmächtige oder sich erfolglos auflehnende Opfer. Diese Galerie grotesker Bühnenfiguren wird — bei Max Frisch — ergänzt durch eine Koalition von Biedermännern und Brandstiftern, wobei, sekundiert von einem hilflosen Chor neutraler Feuerwehrmänner, die Brandstifter sich biedermännisch geben und die duldsamen Biedermänner nicht weniger gefährlich als die Brandstifter sind. Dargestellt wird der Triumph der Niedertracht und damit die Selbstauslöschung einer Menschheit, die den Versuch unternimmt, ohne Gewissen, ohne Ethik zu leben. Es wird also eine Warnung ausgesprochen.

Vielleicht hat Gerhart Hauptmann mit seinem »Roten Hahn« etwas Ähnliches vorgeschwebt. In diese Richtung geht eine Vermutung, die Rudolf Alexander Schröder bei einer Gerhart-Hauptmann-Gedenkfeier im November 1952 in Bremen ausgesprochen hat. Schröder charakterisierte den »Biberpelz«. Er sagte: »Im Ganzen bewegen wir uns in der Welt dieses Stücks auf Sumpfboden; die einzig sympathische Gestalt, die er zeitigt, eben die resolute Waschfrau und Mutter zweier fragwürdiger Töchter, ist schließlich auch eine Sumpfpflanze.« Und R. A. Schröder fuhr fort: »Ich meine, grade das hat unserm Dichter nicht genügen wollen. Mehr noch: es hat ihn nicht ruhen lassen. Und so gehört es für mich zu den großen Zeugnissen seines graden Gerechtigkeitssinns und seines vielleicht gar nicht einmal auf der Grundlage komplizierter Reflexionen beruhenden, aber großartig sicheren Gefühls für die eigentliche Aufgabe, das eigentliche Amt des dramatischen Gedichts, wenn er sich nicht bei dem Triumph lustigen Unrechts hat beruhigen wollen und noch acht Jahre nach dem Biberpelz so etwas wie eine Palinodie, zu deutsch: einen Widerruf jener doch vielleicht irgendwie als These mißzuverstehenden Unbekümmertheit hat folgen lassen. Könnte man den Biberpelz um jener unbekümmerten Lustigkeit willen als das genaue Gegenstück zu einem andern klassischen Lustspiel, zum ›Zerbrochenen Krug‹ kennzeichnen, so folgt im ›Roten Hahn‹ auch für Frau Wolffen das dicke Ende nach. Hauptmann hat das Stück als Tragikomödie bezeichnet, es trägt aber echt tragische Züge, das heißt Züge einer Tragik, die über sich hinaus in das Unenträtselbare weist. Ich habe es grade in diesen Tagen noch einmal mit großer Aufmerksamkeit gelesen. Es steht, was den Aufbau in allen seinen straffgeführten Einzelzügen angeht, durchaus auf der Höhe erfolgreicherer Dramen, wie etwa ›Die Weber‹ oder ›Fuhrmann Henschel‹. Die alte Fielitz, verwitwete Wolffen, hat sich mit ihrem letzten Spitzbubenstreich, der Brandstiftung, nun doch übernommen und ist in dem Vater des blödsinnigen Jungen an den Stärkeren gekommen. Nun stirbt sie buchstäblich an ihrem bösen Gewissen und der Furcht vor Entdeckung: Gewissensangst, der Terminus wäre vielleicht schon zu hoch gegriffen, aber der Dichter legt ihr doch im Augenblick des Sterbens das Wort eines Stoßgebets in den Mund, in dem beides, das Dunkle und Verwerfliche und das Menschlich-Natürliche und Versöhnliche ihrer armen Taten und Untaten sich die Waage hält. Es ist einer der stärksten und für den, der sieht, worum es hier letztlich geht, erschütterndsten Dramenschlüsse Gerhart Hauptmanns.«

Man sollte auch in diesem letzten Wort eines verständnisvollen Interpreten und Freundes Gerhart Hauptmanns nicht das letzte Wort über die Tragikomödie »Der rote Hahn« sehen. Das wahrhaft Produktive, in die Zukunft Weisende dieses starken und reichen Werkes liegt darin, daß es in souveräner Beherrschung und Verachtung aller geschriebenen und ungeschriebenen Gesetze einer offenen Dramaturgie auch die Fragen offen läßt, an denen sich der Wille, die arge Welt nicht nur zu deuten, sondern sie trotz aller Widerstände zu verändern, stets aufs neue entzünden wird oder sagen wir vorsichtiger: entzünden kann, entzünden sollte.